飯舘村
川俣町
南相馬市
国道114号線
国道459号線
二本松市
葛尾村
浪江町
田村市
双葉町
国道288号線
大熊町
常磐富岡IC
坂下ダム
富岡町
国道399号線
川内村
県道36号線
県道36号線
小野町
楢葉町
常磐自動車道
広野町
いわき市
広野IC
Jヴィレッジ
いわき四倉IC
磐城太田駅
小高駅
桃内駅
常磐線
浪江駅
双葉駅
大野駅
夜ノ森駅
富岡駅
竜田駅
木戸駅
広野駅
末続駅
国道6号線
陸前浜街道
請戸
波倉
山田浜
天神岬
東京電力
広野
火力発電
号線
道

境界の町で

岡映里

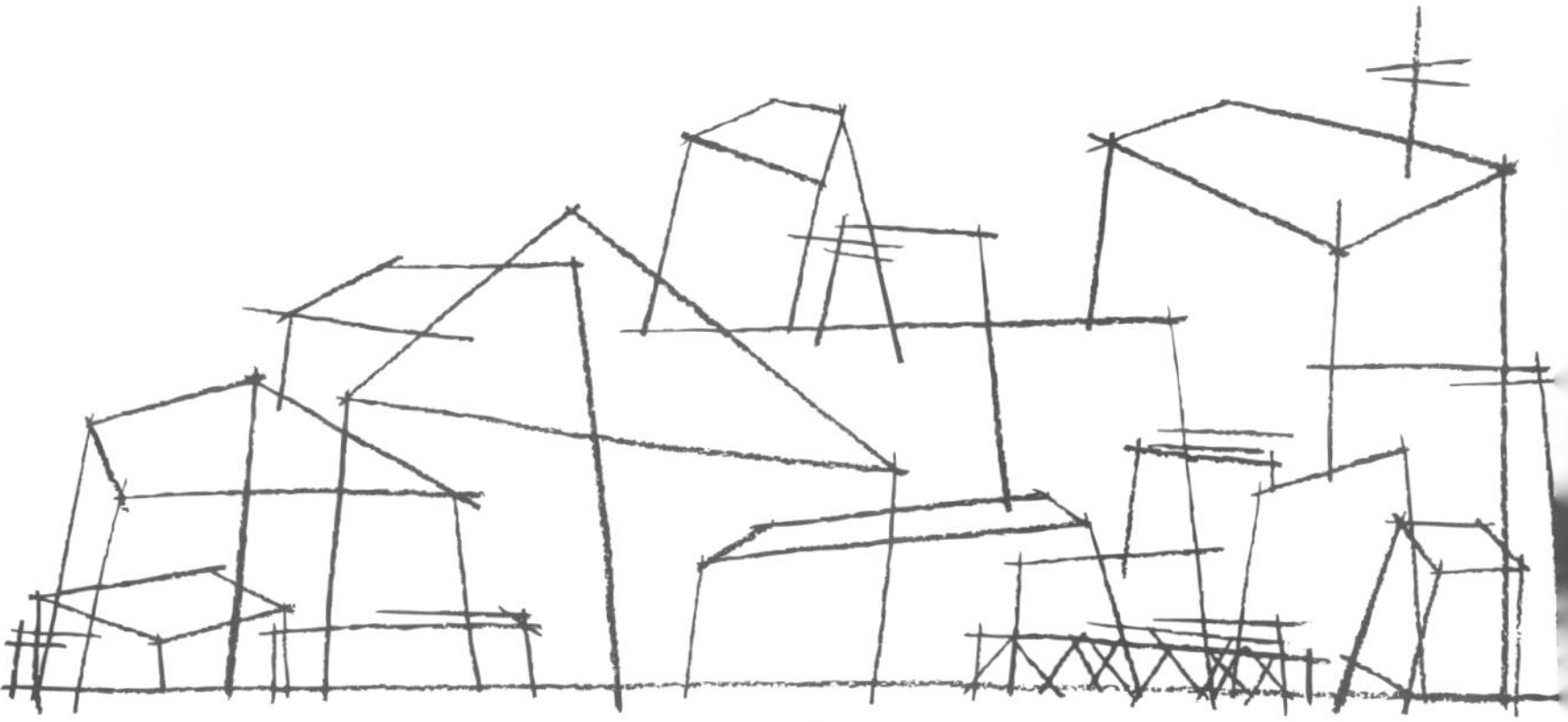

リトルモア

境界の町で

目次

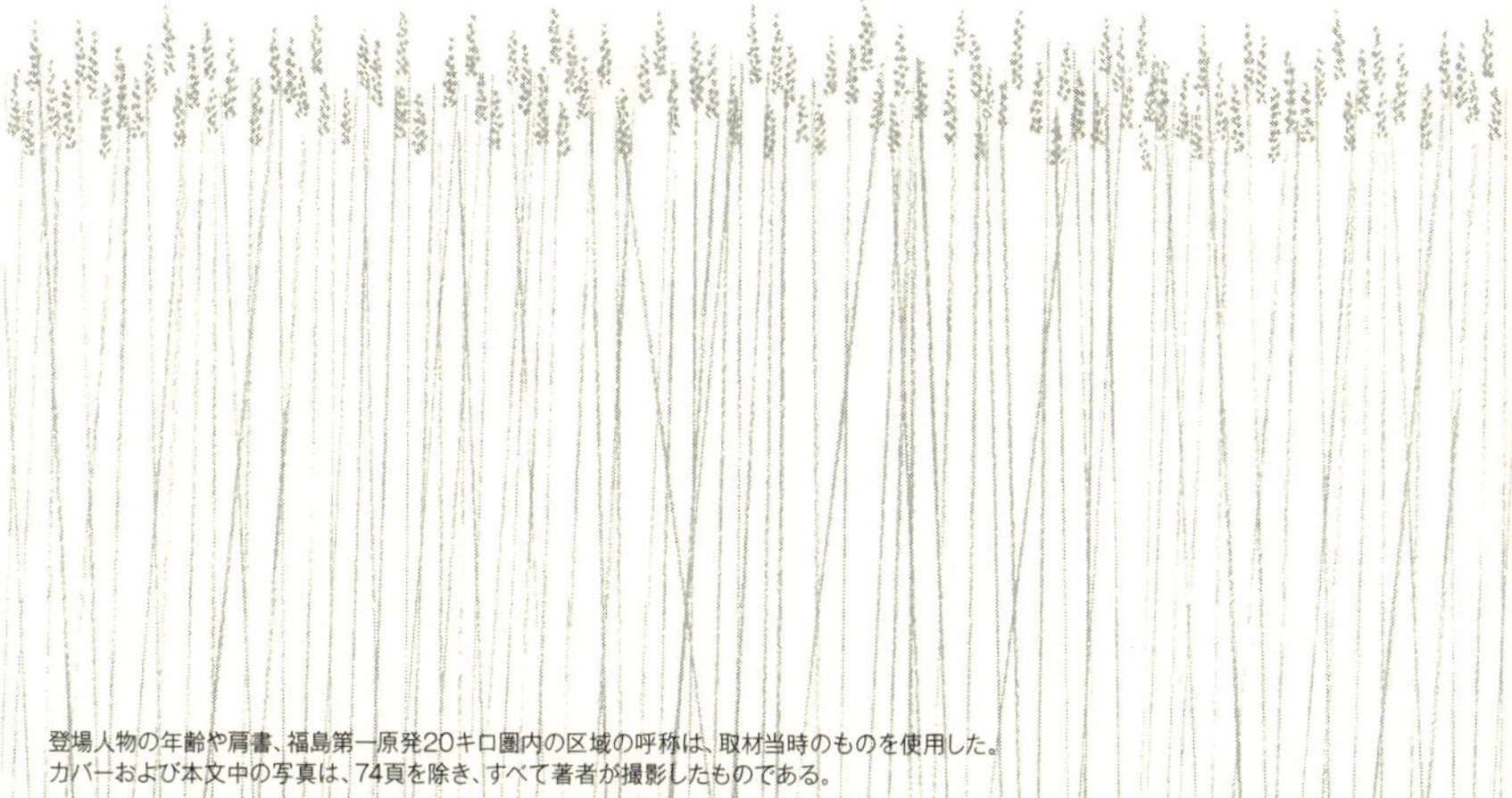

登場人物の年齢や肩書、福島第一原発20キロ圏内の区域の呼称は、取材当時のものを使用した。
カバーおよび本文中の写真は、74頁を除き、すべて著者が撮影したものである。

プロローグ

漂う

震災が起きてからずっと、私は人を探していた。

私の住む東京には津波は来なかったし、自分の身のまわりの安否確認はすぐに取れた。というか、私自身は夫と別居中だったし、家族とは絶縁していた。だから私は誰からも心配されなかったし、誰からも探してもらえなかった。私は私で、誰のことも本心から心配せず、探すこともなかった。

私という人間は、誰からも必要とされていない、誰も必要としていない。それは震災で浮き彫りになった。

自分にとって愕然とするような発見だったが、

「私には、大切な人がいないんです」

ということを言える雰囲気ではなかった。そんなことは巨大地震の前では、33歳の女の取るに足らない悩みでしかなかったから。

東北では、２０１１年の３月11日の夕刻から、途方もない規模での「人探し」が始まっていた。家族や恋人が、それぞれに「本当に大切な人」を探す時間が始まったのだった。

その日の午後２時46分、私は勤務先の週刊誌編集部で資料をコピーしていた。マグニチュードが修正されるたびに数値が上がり、結局マグニチュード９・０という未曽有の数字となったその揺れは、２分以上も続いた。

昭和30年代に建てられたこの建物はきっと崩れるに違いないし、私はその下敷きになって死ぬに違いないと感じるほどの揺れは、生まれて初めてだった。だがそのときに壊れたのは、ビルではなく、私の心だった。

立っているのも困難なほどの揺れの中で、私はコピーを投げ捨て、這って会議用の大机の下に潜り込んだ。同じ机に潜り込んだ若い女性編集部員は、泣いていた。

最初の揺れが収まると皆の取材予定はすべて変更になった。余震が続く中で、男性編集部員はカメラマンとともに車やバイクに分乗して東北に向かった。

ＮＨＫは、４時過ぎには宮城県名取市上空から津波の映像を空撮で中継し始めた。名取市閖上《ゆりあげ》、という地名を私が初めて知ったのはこのときだ。東北の沿岸部で起こっていることが次々と、しかし全貌がつかめないままただ映し出されるテレビの前から、私は体を離せなくなっていた。ＮＨＫが報じる各地の被災情報にまぎれて、すでに他界した母の故郷である宮城県多賀城市も津波でやられたことを知った。そして、海のそばで眠る先祖の墓はきっと流されただろうと思った。

私は上司からの指示を受け、電動自転車で東京の被災状況を見てまわることになった。会社を出ると目の前の道路は車で埋まり、動く気配がなかった。自転車にまたがり、スイッチをオンにして歩道に滑り出る。都心部を目指すために外堀通りを走った。

四谷の自転車販売店の商品はすべて売り切れになり、コンビニの棚からは食べ物が消えていた。首都圏から郊外へ向かう電車は運休になり、築地本願寺や港区立愛宕小学校などには帰宅困難者のための避難所ができた。東京タワーの頂点のアンテナは地震の影響で大きく曲がっていた。

その晩、東京の道という道は汚水をたたえた溝のように、車列がゆっくりとしたスピードで流れては止まった。深夜までずっとこんな様子だった。歩道にも人が溢れた。大切な人に会うために、徒歩ででも家に帰りたい人たちの群れだった。

電話はつながらなかったがメールは通じた。ひと通り都心部の様子を見てまわった私は、その晩の東京の様子を上司にメールで報告した。
仕事を終えた私の自転車は銀座に向かった。
私を捨てた男にでも会おうと思ったからだ。

※

私を捨てた39歳のこの男は母一人子一人の家庭で育った。鑑別所に送られそうになった中学3年生のとき、雪深い地方にたった一人で移り住み、高校に3年間通った。鑑別所行きを避けたかった母親が手をまわしたのだった。「でもそこは鑑別所みたいな高校だったから。全国から俺みたいなのが集まってくるんだけど、悪いやつの中に入れば悪いやつの仲間になれるわけじゃなくて、もっと悪いやつからハンパなくいじめられるだけだからね」と、男は教えてくれた。暴走族にも入らず、卒業後は同級生たちのようにヤクザにもならなかった。18歳でバーテンダーになり、それ以外の世界を知らない。その男のことが私は好きだった。

２００５年の夏のある日、私は男の部屋で裸で毛布にくるまり、携帯をいじっていた。寝返りを打ったときに、ベッドと壁の隙間に携帯を落としてしまった。

拾おうとして手を差し込むと指に紙袋の感触があった。思わずつかんで引き上げる。くしゃくしゃの封筒。中を見ると5センチほどの一万円札の束が、1センチごとに輪ゴムで束ねて入れてあった。

封筒の中から出した5冊の一万円札の束を眺めていると、ドアが開く音がして、男が入ってきた。

クーラーをかけても暑い7畳間はタバコの匂いで淀み、壁紙は黄ばんでいた。

背が高く、痩せていて、バスタオルを腰に巻いただけの男は、一重まぶたの目をこちらに向けた。私は封筒を握ったままだった。男の目を見て、それは店の売上を少しずつ抜いて貯めたお金なのだと悟った。

帳簿に残らないお金だ。私がバッグに入れて持ち去っても、男は被害届けを出すことはできない。

男は、私の様子を黙って見ていた。私は何も言わずに札束をベッドの隙間に戻した。

次の晩から、私はベッドの隙間に手を入れるようになった。お金の置き場所が変わっているかを確認するためだ。手を差し込むたびにくしゃくしゃの封筒に触れることができた。狭いワンルームのベッドと壁の隙間にお金を貯め、一人で銀座に店を張っていたその男に、私は信用されているのだと嬉しかった。

２００５年の冬、32歳だったその男は、他に女をつくり27歳の私を捨てた。私にとっては、それが初めて男に捨てられた経験だった。別れ際、私は男を殴ったと思う。

自転車をこぎながら、私は、私と男の間にまだ「絆」があるならば、男も私に会いたいだろう、そんなことを考えていた。


渋滞の晴海通りから、男のバーのある銀座のクラブ街の中心部に入ると、まるで掃き清めたかのように人が消えていた。

昼から電話もまともにつながらず、交通手段も奪われている東京では、ホステスたちが出勤することは至難の業だった。

客もそれを知っているのだろうし、こんなときに会いたいのは適当な付き合いのホステスではなく、大事な家族や恋人だろうから、ここには人が集まらないのだろうと思った。

男の店のあるビルに入る。築40年は確実に経っている古ぼけたこのビルのエレベーターは地震で壊れて使えず、階段で店のあるフロアまで上がった。

他の店には人の気配はなかったが、一枚板の扉の中央に据え付けられた男の店のエンブレムは、6年前と同じようにスポットライトで照らされていた。

ノブに手をかけると、扉は静かに開いた。

男はカウンターにいた。「久しぶりじゃん」と男は言った。店の中は微かに葉巻と、ペンハリガンの香水のシナモンのような匂いがした。

男はこんな日にも店を開けていた。

店には客はいなかった。私は、いつも座っていた一番奥の席についた。男は年を取ったようにも見えたし、変わっていないようにも見えた。相変わらず痩せていて、6年前もそうだったように、ベストを着込み蝶ネクタイをきっちり結んでいた。結婚はしたのだろうか、それもわからなかった。

男の背後にある洋酒のコレクション。7畳間でも常に海外のオークションサイトを巡回して洋酒のことばかり考えていた男の酒は何一つ割れていなかった。毎日磨かれている瓶は静かに光っていて、すべて無事だった。

週に一度の休みを除いて1日15時間は店にいる男は、金魚鉢の中の金魚のように外の世界を知らない。

だから、付き合っていたときにそうしたように、私はiPhone 4で撮影した街の写真を男に見せた。

「これは、東京タワーのアンテナが曲がってる写真」

「市ヶ谷のファミリーマートの棚は全部空だったよ」

「晴海通りが車で渋滞してるところ」

私は写メを次々と男に見せた。男はかつてのように「すげえな」「へぇ、おもしれえ」と言った。

男の態度は6年前と変わらなかった。淡々と酒を注ぎ、冗談を言って私を笑わせた。

飲んでいると扉を開けて女が入ってきた。この店では著名人Kの愛人として周囲が遇している女だった。年齢は45歳を越えているだろうか。

いつも一緒に現れるKの姿は見えなかった。

「ここに来たら会えるかなと思って。どうせタクシーも捕まらないし、電話もつながらないし、帰れないから。飲みながらKを待つつもり」

と彼女は言った。

彼女に付き合って2、3杯を飲んだが、Kはついに現れなかった。

彼女の相手に疲れてきた私は、帰り際、男に聞いた。

「どうするの、また昼間みたいな揺れが来たら。このビル崩れるんじゃない。だって、ぼろいじゃないすごく」

私がそう言うと、男は、

「それで構わない。どうせ俺は独りだし、このビルと一緒に死ぬから」

と言った。

「もしかしたらこの地震が起きたのは、俺のせいかもしれないし。いつかそうなると思っているから」

男は誰も探していなかった。もちろん私のことも。

私は男に会ったが、男は私に会ったのではない。

私は店に来た客でしかないのだろうと思った。

そして私も男に会いたかったのではないのかもしれない。店に行けば男は私を拒否することができない。私は絶対に拒絶されない相手を無意識に探していただけで、少なくともそれは「絆」と呼べるものではないだろう。

店を出た私はiPhone 4を取り出して時間を確認した。時刻は午前2時を過ぎていた。明るくなってから、東北では被害状況が正確に確認されるだろうし、遺体の捜索が始まるだろう。

Twitterを開くと、いろいろなニュースが断片的に飛び交っていた。

原発に異常が発生していると知った。

日本政府が米国に救助要請を出していることも知った。

何かとてつもないことが起こっているのかもしれない、という肌触りを、iPhone 4の画面を見たときに感じた。

「早く明るくなってほしい。でも、明るくなるのも恐ろしい」

と私はTwitterにつぶやいた。私にはそんな感想を話せる相手がいなかった。

※

ところでその日、店で愛人の彼女が待ちわびていたKが、どこで何をしていたのかがわかったのは、ひょんなことからだった。

震災から2年半後の夏のことだ。

2013年9月8日。日曜日の新大久保。

私は知り合いの編集者のHさんと酒を飲んでいた。

「東京にオリンピックが来るね」

羊の肉を焼きながら、私は彼女に話しかけた。レイシストたちのデモ隊の「朝鮮人は日本から出ていけ」という叫び声がドア越しに聞こえてくる。

「オリンピックとか、興味あるんですね」

Hさんは肉が刺さった串をくるくるとまわして火を均等に入れながらそう言った。

2020年の夏には、ザハ・ハディドの設計に建て替わった、白い巨大な女性器のようなメインスタジアムの庇の下か、その周縁に私はいるはずだ。

「まあね。興味あるっていうか。結局なんだかんだ言って浮かれちゃうんだろうね。だって目の前でオリンピックやってたら観に行っちゃうじゃない」

「はは、まあそうですよね」

福島の本を書くと約束してもう2年が経過していた。

その間に最初の担当編集者は私を見切ったが、それでも書けなかった。

しかし常に、書かなければと苦しんでいた。


私一人が見てきたものには違いないが、私一人で背負い込むことはできなかった。

どう書いたらいいのか、全然わからなかった。毎日、書けない、なぜ書けないのだろう、と自分を責めていた。

「福島ですか……、もう私のまわりではほとんど福島のこと話す人がいなくなっちゃいました」

とHさんは言った。

「震災の話自体が、2年半経つと出ないよね」

「そうですね。あの日は、2分以上揺れましたね」

直後に九段下にある九段会館の講堂の天井が落ち、2名が亡くなった。

その後、30分から40分を置いて、東北に津波が来たのだった。

「3月11日って、何してた？」

私は彼女に聞いた。

彼女は、新宿にあるとあるバーの名前をあげた。

「とりあえず財布と携帯だけ持って、会社の近くのバーに飲みに行こうと思ってそこへ行きました」

「店開いてたんだ。あのママ、気合の入った女だね」

「そうですね、夕方に店の前で待ってたら自転車でツーっと来て、開けてくれました」

「お客さん、来た?」

「数人。Kさんも来てましたよ。Kさん、ママに惚れまくってたから。やっぱりなと」


あの日、私は銀座でKを待ちわびている愛人を見た。

しかし、Kが本当に会いたかったのはその愛人ではなく、新宿の店のママだったのだ。

震災は、本当に会いたい人を浮き彫りにさせるようなものだったのだろう、と私はさほど仲よくもないHさんの話を聞いてはっきりとそう思った。

たいそうな使命感も、正義感もなく、ただ私は自分が怖かったこと、悲しかったことを伝えられる相手を探したかったのだろうと思った。

私にとって、震災とはこんなものだったのだろう。

私は3月11日から、「本当に会いたい人」を探すために、まるで汚水の上に浮かんだ木の葉のように街に流れ出た。その流れは福島に向かっていたのだろうと、今となってはそう思う。

冷蔵庫

被災地は静けさに包まれていた。

東京で震災の「情報」を浴び続けていた私には、そう感じられた。

3月18日、私が初めて訪れた被災地は岩手県釜石市だった。電話もつながらず、500メートル先で避難している人の情報すらまともにつかむこともできないほど「情報」が途絶えた釜石の人たちは、淡々と瓦礫を片付け、静かに避難所の炊き出しの列に並んでいた。ここには放射能への心配の声を上げるよりも、今日いまの生活を立て直していくのに必死な人たちがいた。

被災地に旅立つ直前まで、東京の私は何かにとりつかれたようにニュースをまとめた「情報」をTwitterに投稿し続けた。昼夜を問わず、主にNHKを視聴してニュースの内容をまとめた記事を1日平均で約300件投稿した。

ニュースキャスターが24時間交代で刻々と死者数を読み上げているのに、テレビ画面には決して死者が映されることはない。数字だけが独り歩きし、私は現実の被災地がどんなものなのか、その肌触りを完全に失った。

私は「情報」に「被ばく」し、疲弊しきっていた。

3月14日。東京電力福島第一原発3号機が爆発したとき、私は錯乱状態で、茨木のり子の詩を写しては Twitter に投稿した。

わたしが一番きれいだったとき
街々はがらがら崩れていって
とんでもないところから
青空なんかが見えたりした

わたしが一番きれいだったとき
まわりの人達が沢山死んだ

工場で　海で　名もない島で
わたしはおしゃれのきっかけを落としてしまった

わたしが一番きれいだったとき
だれもやさしい贈り物を捧げてはくれなかった
男たちは挙手の礼しか知らなくて
きれいな眼差だけを残し皆発っていった

わたしが一番きれいだったとき
わたしの頭はからっぽで
わたしの心はかたくなで
手足ばかりが栗色に光った

わたしが一番きれいだったとき
わたしの国は戦争で負けた

そんな馬鹿なことってあるものか
ブラウスの腕をまくり退屈な町をのし歩いた

わたしが一番きれいだったとき
ラジオからはジャズが溢れた
禁煙を破ったときのようにくらくらしながら
わたしは異国の甘い音楽をむさぼった

わたしが一番きれいだったとき
わたしはとてもふしあわせ
わたしはとてもとんちんかん
わたしはめっぽうさびしかった

だから決めた　できれば長生きすることに
年とってから凄く美しい絵を描いた

フランスのルオー爺さんのように
ね

（茨木のり子「わたしが一番きれいだったとき」）

翌15日には、運転停止中の4号機が謎の爆発現象を起こし、未曾有の放射能が東京に降りそそぐであろうという予報がなされた。放射能は、震災を「遠い東北の災害」と片付けて落ち着こうとする東京の私の距離感を無化させた。

「直ちに健康に影響はない」と言い続ける枝野幸男官房長官のアナウンスを私は信じることができなくなっていた。

にわか仕込みの放射能に対する知識で頭がぱんぱんになりながら、「これはやばい」「東京はパニックになる」と判断した。どちらにしても、何もしないより行動したほうがいいようだ、と思った。

1号機、3号機、4号機の3基の原発が爆発した今の日本で、普通に朝食を摂り出勤することのほうが異常に思えたのだ。

私はもう何もかも置いて、明くる朝早くに友人の住む広島に逃げようと決意した。

売り切れが相次いでいた関西行きの新幹線のチケットをようやく取り、東京駅に向かうために自宅のドアを開け、路上に出た。

3月16日の朝はすっきりと晴れていた。気持ちのいい冷たい空気が顔に触れた。

そこで私は気が変わった。

そういえば私は、記者じゃないのか？

世界史に残る事件が、日本語圏で起きているのに、なんで逃げるんだ？

私は、やっぱり福島に行くことにする。

その晩、肩まであった髪を浴室で切ってベリーショートにした。

3月18日、なんとか取った航空券で羽田から三沢へ飛び、三沢から南下して、盛岡に拠点を定めるようにと上司からの指示を得た。そして、出張の準備に取りかかり、東北に出かけた。

そこからほぼひと月をかけて少しずつ取材拠点を南下させ、福島に辿り着いた。

週に一度東京に帰るたびに私は、東北で見たものを誰かに吐き出したかった。だが、分かちあえる人がいなかった。

私は呆然としながら仕事を続けていた。

※

２０１１年４月10日。明日で震災１ヶ月目を迎える。

福島県郡山市。私はこの街にやって来たばかりだった。この日が震災後、初めてもらった休日だった。そして、この日が初めて「彼」に出会った日だった。

彼は朝８時に、郡山の一軒家を取材場所に指定した。

時間に間に合うように、ホテルで朝食を摂る。

宿泊していた郡山駅近くの東横インの無料朝食のメニューは震災前と変わらず「おにぎり」。ただし、食べ放題ではなくなり、「お一人様二つまで」という張り紙がしてあった。

郡山の水と米で作った東横インのおにぎりは、普段の出張ならば決して食べようとは思わない味気ないものだ。

ふやけた米を、プラスティック型に詰め込んで成形したものが二つ、白い皿に載っている。

具はなんだかよくわからない味のふりかけと、カリカリ梅。

東京では、水道水にセシウムが含まれているため、米をペットボトルの水で研いで食べる人が増えた。子どものいる家庭では、給食を拒否し、弁当を持たせて学校に通わせる親がいると報じられるようにもなった。

すでに、コンビニにも品物がそろい始めた頃だったが、岩手での厳しい食料事情を叩き込まれていた私は、出されたものを残さず食べるようになっていた。１日で食べられる食事はこれだけかもしれない、とそれだけを考えて咀嚼した。

「日当40万はデマ」原発作業員たちの実際の生活は
産経新聞　４月４日（月）22時15分配信
３軒の民家が原発作業員たちの「砦《とりで》」だった。東日本大震災で被災した東京電力福島第１原発から約60キロ離れた福島県郡山市郊外の住宅地。各地の原発で保守の仕事を請け負う双葉町の建設会社社長、松本××《（記事では実名）》さん（35）は震災後、この地で業務を再開した。
「Ｆ１《（原文ママ）》とＦ２《（原文ママ）》がこういう状況になり、うちの社員も１００人が仕事を失った」
会社は震災前、社員１５０人のうち１００人が「Ｆ１《（原文ママ）》」「Ｆ２《（原文ママ）》」と呼ばれる福島第１、第２で働き、30人が新潟県の柏崎刈羽で就業していた。残りは福井県の敦賀、静岡県の浜岡、さらに青森県で建設中の大間と各地の原発で働いている。

震災で福島の100人は県内外の避難所や関東・東海地方の親戚宅へ散り散りになった。3週間が過ぎ、社員の不安が増してきた。

「働きたいのに仕事がない社員もいるし、原発ではもう働きたくないという人もいる。女房子供のため原発の仕事を希望する社員がいれば、奥さんにもうやめてと止められた人もいる」

親戚宅へいつまでも居づらいと打ち明ける若手社員たちを郡山へ呼んで民家に住まわせた。家主が「こんなときだから」と空き家3軒を無償で貸してくれた。松本さん一家と社員を合わせ10人。飼い犬もいる。

訪ねた夜、畳の居間では男たちがこたつを囲み、社員の一人が作ったカツカレーをほおばっていた。数人が福島第1の復旧作業へ加わっている。日当は1万3千円から2万円で、震災前と同額という。松本さんは「日当40万円とか100万円とかいうのはデマだと思う」と話した。

「第3のビール」の350ミリリットル缶を傾けながら、テレビを見つめ、ときには冗談を交わす彼ら地方の「原発職人」たちが、わが国の経済を、大都市住民の暮らしを支えている。こんな状況になるまで考えたことがなかった。当たり前のように電気を使っていた。

松本さんは新しい事務所を探しているという。

「いつまでも大家さんの世話になれない。いずれ廃炉ということになれば、自分たちがやることになる。長期戦は覚悟している」


私はこの記事を見て彼に連絡を取った。

作業員は記者に接触してはいけないという東電の内規があるのはすでに広く知られていた。だから、取材を受けてくれる作業員はごくわずかだった。まして、実名が新聞に載っているのは珍しいと思った。


1週間ほどの時間をかけて彼を説得することができ、会えることになった。

ホームセンターで缶ビールを1ケース買って、それを担いで朝8時少し前に、郡山市内の一軒家に出向いた。

彼と、その若い衆らが共同生活を送る家は、記事に書いてあった通りの古い木造家屋だ。

小柄だが、がっしりした肉付きの彼は坊主頭で、目つきは鋭いが、どこか愛嬌のある雰囲気を持っていた。

記事では私の二つ年上と書いてあったが、同い年かもう少し若く見える。

彼はこたつに座って、食事をしていた。

大きな鉢に入った茶色い煮物のおかずと、ごはん。

食事中の彼に私は、「原発の中の様子はどうなっているか」「いつ頃復旧しそうか」「東電に対してどう思うか」など、ひと通りの質問をした。

「被災企業の補償は、なぜか原発30キロ圏内は対象外なんだよ」

と話の中で彼は言った。

「不思議ですね、なんでですか?」

「だいたいの保険会社は原子力災害を免責事項にしているからな。だから、電力から補償出してもらわないと。毎日電力本社に電話してるけど、まともなやつがいねえ」

彼は東京電力のことを「東電」ではなく、「電力」と呼んだ。

「今、作業員に渡す危険手当も決済するやつがいないから、カネが電力から出てないんだよ。俺が自腹で立て替えて作業員に支払ってんの」

「そうなんですか?」

作業員への危険手当が出ていないということは初耳だった。

「協力会社と下請けのウチとの間では単価がもう決まってる。でも電力がハンコ押さない。押すやつがいねえんだ」

居間の鴨居には、宴会場での集合写真がA４のサイズに伸ばされて画鋲で張ってあった。写真の中にいる前列の男たちは、上半身を脱いで、背中を向けている。

写真をよく見ようと立ち上がり近寄ると彼は言った。

「納会のときの写真」

「すごいですね、みんなスミ入ってて。社長も脱いでるんですか？」

「真ん中な。俺ヤクザだったから」

「今は？」

「今はもうやめたよぉ」

「いつまでヤクザだったんですか？」

「10年ぐらい前までだね」

原発に作業員を入れる「人夫出し」の仕事を始めたのは5年前からだという。

彼は、事故前の仕事の内容や、事故後の収束の見通しについて第一原発に関することを、

1時間以上レクチャーしてくれた。

「シュラウド工事」「放管手帳（放射線管理手帳）」「定検工事」「ドライウエル」知らない言葉がどんどん出てきて、私はすべて平仮名で書き留めるしかなかった。

つけっぱなしのテレビからは、ＡＣジャパンのＣＭが立て続けに聞こえてくる。


「遊ぼう」っていうと「遊ぼう」っていう。

「ばか」っていうと「ばか」っていう。

「もう遊ばない」っていうと「遊ばない」っていう。

そうして、あとでさみしくなって、「ごめんね」っていうと「ごめんね」っていう。

こだまでしょうか、いいえ、誰でも。[*1]

頭が朦朧としてきた。20代の頃と違い、聞いたことをすぐに理解する力が衰えているので、話のポイントを探すだけで疲れてしまう。

話を聞いているうちに思った。この人はものすごく頭の回転が速い。

避難するのに精一杯で皆呆然としていたときに、早々と仕事を取ってきて従業員を動かしている。

それだけでなく、東京電力から会社への補償が幾らぐらいになりそうかも、調べつくしていた。

「今、ビッグチャンスなんだよ。これから仕事広げて瓦礫の撤去もやる。瓦礫は、1軒壊すのに200万。でも瓦礫を引き受ける業者に100万払わなきゃならない。地震のときには、自治体が決めた撤去場所がただで引き受けてくれる。倍儲かるんだ。中越地震のとき、柏崎も瓦礫でだいぶ儲けたやつらがいる、御殿が建ったんだ」

彼は畳の上に仰向けになって、座布団を折り曲げて頭の下に入れた。場の空気が少し緩んだ。

「地震のとき何をしてましたか？」

と私は聞いた。

「車に乗ってた。車のテレビで名取の津波を見て、やばいと思って逃げた」

「どこにいたんですか？」

「四倉《よつくら》。双葉の事務所に帰るところだった」

私はいわきの北部に位置し、津波の被害を受けた四倉がどこにあるかそのときまだ知らなかった。

「仕事ですか?」

「いや、子どもの卒業式の帰り。俺、バツ3なんだよ。結婚してんの?」

逆に聞かれた。

「いや……」

別居先から、夫に会いもせずに被災地に来てしまった私は即答できなかった。

「バツイチ?」

「そう……ですねぇ」

「結婚向いてなさそうだもんなあ」

「はは、そうですかね」

「そうだよ、気が強そうだし。酒飲んだら絡みそうじゃね?『被ばくしてるんだろ、飲めよ』とか言いそうだよなあ」

たしかに、酔って調子がいいときにそういう絡み方を私は結構する。

「年収幾ら?」

「うーん、900万ぐらいですかね」

「すげえなあ、儲かるんだな雑誌屋さんって」

「いや、もう会社、不況で潰れそうですよ。社長は年収どのぐらいなんですか？」

「まあ、おんなじぐらいじゃね」

「すごいですね」

「すごくねえよぉ、ヤクザのときはもっと稼いでたもん」

「ヤクザって何してたんですか？」

「恐喝だね」

「どのぐらいの稼ぎになるんですか」

「月1億ぐらいかな。でも、疲れる。電話は24時間鳴るし、今のほうが気楽」

「なんでやめたんですか、ヤクザ」

「親分と合わなくなったんだよな」

彼は、「お茶！」と言って若い衆にお茶を入れさせた。

「飲む？　セシウム茶」

その冗談に笑って、私は自分がくつろいで話していることに、少し驚いていた。

私はずっと溺れそうになりながら被災地を漂っていた。この町に来る前は、私は「被災者」

の話を聞くことはしても、自分の話をする機会などはなかった。彼は私と「会話」をしてくれた初めての「被災者」だった。

※

「今日、中（警戒区域）行くけど、一緒に来てみるか？」

「はい」

「マジで？　線量すごい食うぞ」

「行ってみたいです。せっかくなんで」

「会社大丈夫なの？　今まで来た記者で、行くって言ったやついねえぞ。会社の決まりで行っちゃダメとか言って。先週取材に来たテレビは、『取材はここでいいです』とか言って、ここで撮って帰っていったぞ」

「原発の前まで行けますか？」

「行けるよ。行きたいの？」

「行きたいですね」

「変わってるねぇ」

若い衆が運転し、彼が助手席に乗り込んだ。私は彼の真後ろの席に乗り込んだ。

「根性あるねぇ」

と彼は私に振り返って言った。

私はなぜか恥ずかしかった。

この頃、東京電力は作業員に対する放射線管理を全くしていなかった。作業中にどれだけ被ばくしたかを記録するための「放射線管理手帳」を持たない作業員でも作業に従事することができた。

事故後1ヶ月を経て4月になってから放射線管理手帳を持つ作業員だけが作業できる環境に戻す動きが出てきた。

そのために彼は、原発から3キロも離れていない事務所に残してきた放射線管理手帳を取りに戻るのだ。私はそれにくっついて行くことにした。

郡山から「ニーパッパ」と呼ばれる国道288号線を通って、1時間半ほどで、5号機と6号機のある双葉町に着く。この町に彼の事務所があるのだ。

30キロ圏内に入る手前の田村市の商店街の駐車場で、防護服を着た。

まだ人が住んでいるエリアのはずだが、人影はなかった。

人影はなかったが、洋品店の電気はついており、軒先にはオバチャンが着るような不思議な模様のセーターや、半纏がつるしてあった。

田村市を過ぎて20キロ圏内に入る辺りから、ガソリン切れで路肩に放置された車が目立つようになった。双葉町に入ると、鉄道の高架線が崩れ落ちていた。断層にはまり、脱輪してしまったクロネコヤマトのトラックの横を通り過ぎた。この運転手はたぶん歩いて圏外に出たのだろう。

※

福島県双葉郡双葉町、原発から3キロ地点の彼の事務所。

「原子力明るい未来のエネルギー」という、冗談みたいな標語が掲げられているゲートのすぐそばに双葉町役場がある。彼の会社は役場からほどない場所にある。

私はパタゴニアのジャケットのその上に防護服を着込み、登山靴を履いていた。玄関で靴を脱ごうか迷ったが、皆が土足で上がっていったのでそれにならった。

彼は事務所に入るなり、床に散乱していた書類を勢いをつけて蹴り上げた。

そして、「臭い」と叫んだ。

「冷蔵庫じゃないっすか」と若い衆のKさんが言った。

3月11日付の福島民報が読まれた形跡がないまま床に置いてあった。

彼は、神棚を見上げて「これだけなんだよなあ、倒れてこなかったの」と言った。

そして、ソファの背に倒れかかってきているホワイトボードを壁に叩きつけるように投げつけた。

目当てのものは放射線管理手帳と、請求書などの書類、それから会社の印鑑だった。

手についたものをすべて壁に向かって投げつけながら、

「これじゃ、俺が泥棒に入ってるみたいだよなぁ」

と言った。

事務所の中は、たしかになんとも言えない腐乱したような臭いが漂っていた。

探し物の用が済むと、「中に入ってる食い物が腐って、臭う」からと、若い衆に命じて冷蔵庫ごと外に投げ捨てさせた。

「中のものだけ捨てたらいいんじゃないですか」と口まで出かかったが黙っていた。

「火つけてやるんだ」

「どこにですか?」

「事務所に。もう二度と戻れないからな、ここには」

今、普通じゃないんだなこの人も。そう思った。

土が乾きかけている田んぼに冷蔵庫が投げ込まれると、衝撃で冷蔵庫の扉が開いた。その臭いにつられて、毛の長いレトリバー犬がどこからともなく現れ近寄ってきた。あ、犬だ、と言って、私が目線を合わせると、犬は大喜びしてしっぽを振りながら、飛びかかってくる。それを見て彼は、「その犬汚染されてっからな、あんまり触るな」と笑いながら言った。

車に乗るとき、私はこの犬が一緒に乗り込んでこようとしているのを知らずに勢いよくドアを閉めてしまった。

犬のギャッという悲鳴を聞いて、私はひどく驚いて、落ち込んでしまった。

原発の排気塔を肉眼で見たときよりこのときのほうが、衝撃を受けた。

「ほら、ドア閉めろ」

「この犬、そのうち死ぬんでしょうか」

「猫は痩せねえな。犬はみんなガリガリだ。犬は人から餌もらってしか生きられないんだよ」

車の中では原発の話はしなかった。

なぜかお互い、父親がいない家で育ったという話をしていた。

「俺、地震が来るまで親父と7年ぐらい絶交してたんだよ。あいつの頭ん中は、まずは町のことで、その次が自分。家族のこととか一切考えない」

「何してる人なんですか？」

「町会議員だね」

親が議員で子どもがヤクザということもあるんだなあ、とぼんやり考えた。

「でも、今親父は絶対ボランティアやってるはずだと思って、地震のあと何日かして連絡を取った。そしたら、圏内に取り残されてる人をいわきに連れてったり、避難所に物資運んだりしてたんだ。それで、俺も避難所に物資運びを手伝ったり」

「原発の仕事だけでも命がけなのに、すごいですね」

「なんか、俺最近、懲役行ってるみたいだなーって思う」

「懲役ですか」

「うん。遊ばねーし。毎日仕事してボランティアしてちょっと寝るだけでさ。でもよー、ボランティアってよぉ、はっきり言って自己満だからな。平等に公平にって無理なんだよ。目の前の人しか助けらんねえし」

「懲役行ってたんですね」

「うん」

「なんでですか?」

「恐喝と傷害」

「何回捕まってるんですか?」

「4回。現役時代はバリバリ恐喝してたぞ俺は。そうやってプロとしてやってると集まってくるんだな、ネタが。企業恐喝とかやってるとな」

「疲れそうですね」

「だな。休みがねえ。電話鳴りっぱなし」

私はなぜか怖いと感じなかった。過去に対して彼が乾いた口調で話しているからだと思った。

「どこの刑務所だったんですか?」

「福島刑務所」

「いつ行ってたんですか?」

「いつだったかなー」

彼は話を変えた。

「双葉郡見せてやるよ。原発もな」と彼は言って、車は北に向かって走り始めた。

請戸《うけど》の海に出た。請戸は、震災後1ヶ月を経ても捜索が開始されなかった場所だ。相馬藩の荷受けに使われていたので江戸時代にはここは「受戸」と呼ばれていたと、あとから調べた伊能忠敬の「伊能大図」には記されていた。

「今また津波来たら、ここじゃ助かんねえな」

すぐに海から離れられるように車を海と反対側に向けて停めてから、外に出た。車から降りたところで彼は防護服を脱いで立ちションをしていた。

請戸の線量がどのぐらいなのかも全くわからなかった。

このころ、線量計は市場から払底していた。彼は、暴力団ルートを使って線量計を手に入れようとしていたがなかなか品物がまわってこないとのことだった。

犬が綱につながれたまま溺死している脇を通り過ぎた。

彼は「ひでえ……」と繰り返しひとりごとを言っていた。

私には初めての場所で、津波の来る前の町がどんなところだったのかは全く想像がつかなかった。

1階が流されて、2階だけが残った家は窓ガラスが割れ、カーテンが風に揺れていた。人の気配が濃い。誰かが瓦礫の陰で息をひそめてこちらをじっと見ている気がしてならなかった。

倒壊した建物の脇を通り過ぎるたびに、

「ここに人、まだいるんじゃね？」

と彼はしきりに中を覗いていた。

「誰かいませんか！」

思わず叫んだ。

「誰かいませんか！　誰か！」

彼が私を見た。

明日で震災1ヶ月目を迎えようとしている請戸で、誰かが生き残っているとは考えにくかった。

震災後9日目に、宮城県石巻市門脇で祖母と孫が奇跡的に発見され、救出されたことは大きなニュースになった。生存可能性が極端に減る「72時間の壁」を大幅に超えて救出されたこの二人の取材に私も出かけていた。

でも、もしかしたら。そんな気持ちになるほど人の気配を強く感じた。

「アスファルトってなんでめくれるんだろうな？　津波でめくれてどっか行っちまう」

「なぜですかね……」

時折話す以外は無言で歩きまわった。

防護服のフードを揺らす風のガサガサした音しかしない。鳥すらいない請戸だった。

アスファルトがめくれて盛り上がったところに、ガムテープが貼ってあった。

マジックで誰かがその上に書き込みをしていた。

亡くなった請戸の方へ
残った者たちは、ガンバッテ
生きていきますので
安心して永眠して下さい

傍らには、拾い集めた缶詰などで作られた祭壇のようなものもあった。

ガムテープの慰霊碑を彼と一緒に拝んだ。

「ここ、どんなところだったんですか？」

「住宅地だよ、ここから海が見えるだろ、津波の前は海なんか見えなかったよ」

原発10キロ圏内の浪江町請戸では、186名の死者・行方不明者が確認された。捜索が開始されたのは、4月14日だった。

391号線を第一原発に向けて南下するときに、双葉町の辺りで東京電力福島第一原発の排気塔を肉眼で確認することができた。

「町から原発全部が見える場所ってないんだよ」と彼は言う。

原発の見えない、原発の町なのか。

東京電力福島第一原発の西門そばにあるデイリーヤマザキはガラスが割れていた。

「ATMやられてんだよ。あちこち。3月12日からおまわりさんみんな逃げちまったからな。この辺り他県ナンバーとか、福島のわナンバーのレンタカーとかたまに走ってるけど、あれ全部盗難狙いだろうな」

第一原発の西門に入る手前で車を停めてくれた。

「いいですか？　外出て」

「ここはいつも人がいないからいいよ」

ドアを開けて西門に向かって走った。東芝のシェルターや三菱重工の休憩所のプレハブが建っている西門前の駐車場には車もなく、路面が日光に反射して白く光っていた。

この鉄格子の門から約５００メートル先にテレビで連日放映されているあの地獄絵図がある。でも、ここからは平穏な風景しか確認できなかった。

敷地の左手の桜のつぼみが膨らんでいた。あとで調べたら、ここに原発ができたときに植えられた桜だそうだ。今日のコースで確実に原発まで来られることはわかった。来週か再来週頃満開か。企画会議に出して撮れたら満開の桜を撮りに来よう。

記録のために写真を撮って急いで戻ると、目の前で彼の車が走り始めた。

あせって追いかけると、10メートルぐらい先で停車した。

「冗談きついですよ」

乗り込むと彼が爆笑していた。

※

20キロ圏内から出る前に、彼の住んでいた家を見るために楢葉町に向かった。

「楢葉っていい町ですよね」

よく知りもしないのにおべっかを使った。

「何がいい町なんだよ」

「ほら、相馬野馬追とかもあるし」

前日にiPhone 4で「双葉郡　歴史」と複合検索をかけて出てきたワードを出まかせに言った。

「全然ちげえよ、それ。相馬野馬追なんてもっと北の方の祭だど」

すぐに知ったかぶりを見抜かれた。

海べりの山田浜地区はどの家も、基礎だけしか残っていない。

彼は車をゆっくり走らせながら家を案内してくれた。

「この辺全部親戚が住んでたんだ」

「全部やられてますね」

「これが俺の家」

車を降りて、彼は自宅に上がった。と言うか、基礎の上に乗ったというべきか。

「ここに囲炉裏。ここに台所があった。俺は、親父と絶縁する前は2階に住んでたんだ。若い衆とここで寝起きしていた」

「この家に住んでいたときは、お父さんとは？」

「ヤクザやめる前は、この家で一緒に暮らしてた。あの野郎はてめえがプータローみたいな議員のくせに、ホームレス拾ってきて養ったりしていたんだよな。

俺はその頃は小名浜にいた。カネになることは全部やったな。

小名浜ってシャブの街なんだよ。その辺で普通にバイしてっから。ソープ街って夜の街だからね。ヤクザ屋さんが普通に生きていられる街なんだよ」

車に乗り込んでしばらくすると、突然彼は素っ頓狂な声を出した。

「あ！　これ俺のテーブル」

家から300メートルほど離れた水田のあぜ道に、楕円形の大きな板が転がっていた。

彼は笑いながら車を降りて、

「俺と一緒に写真撮ってくれ」

と私に言った。

そのときに私は「この人のこと好きだな」と思った。

※

そういえば、大事なことを聞くのを忘れていたと思った。

「怖くないんですか、原発の仕事」

「うーん。俺は放射能に強い」

「強いとか弱いとかあるんですか」

「あるよ。チェルノブイリのまわりだって鹿だの熊だの棲んでるだろ。あれ、全部放射能に強いやつの子孫だ」

「遺伝ですかね。それとも気合の問題ですか？　気を張ってると風邪ひかない、みたいな」

「それもあるね」

「そういうものですかあ……」

日が暮れてきた。２８８号線を戻って郡山へ帰る途中、車に乗っていてもわかる揺れを感じた。

カーラジオからは、東京都知事選挙で石原慎太郎が圧勝する見通しが伝えられていた。

「あいつよお、慎太郎って『震災は天罰だと思う』みたいなこと言ってたけど、ぶっ殺してやりてえよな」

と彼は言った。

※

郡山の一軒家に到着したのは午後7時過ぎで、こたつには、クリームパスタが入った皿が三つ並べてあった。

朝は茶色い煮物が入っていた鉢には野菜サラダが盛ってあり、取り皿が脇に重ねて置いてあった。

居間の奥の台所から、背の高い、茶色いストレートヘアを肩まで垂らした若い美しい女性が出てきた。

彼の4人目の奥さんだろうか。よくわからないまま「お世話になってます」と挨拶をした。

夕食を食べていけと誘われたが、今日あったことを一人で整理したくなって断った。

「また連絡していいですか」と聞くと、「構わねえよ」と彼は言った。

＊1　金子みすゞ作「こだまでしょうか」を引用。

正門へ

２０１１年４月17日。

カメラマンのＭさんが運転する、私たちの2トントラックは「東京電力サービスホール」と書かれた看板を通り過ぎて分岐にさしかかった。トラックは、郡山のレンタカー屋で借りたものだ。

この分岐を左折すると東京電力福島第一原発の正門まであと数十メートルだ。

分岐の右手には中央分離帯の植え込みがあり、植え込みには「福島第一原発展望台」と書かれた木の色に塗装したコンクリート造りの看板が建っている。分離帯の向こう側の道路は展望台に続いているのだが、大きく陥没していて、激しい断層に引っかかった小型トラックが横転しかかっていた。

左折すると、正門が見えた。正門の奥左手には満開の桜並木が、快晴の春の空によく映えていた。

防護服に全面マスク姿の入構チェックの職員たちが3人、トラックを認めて「停まれ」のジェスチャーをしながら近づいてきた。

Mさんは手でハンドルを握りながら、ニコンD3を右手で持ち、正門を連写しながらゆっくりと車を走らせ、職員の目の前で停車させた。

Mさんが運転席の窓を開ける。

職員はバインダーに挟んである紙に車両ナンバーを控えてから、Mさんに言った。

「会社と名前を教えてください」

私が答えた。

「取材です」

「取材はお断りしているんですよ」

「なぜですか？　ご迷惑はかけませんので中に入れてください」

「広報に連絡は」

「広報ってどこですか」

「新橋です」

「えっ、今原発の目の前にいるのに。東京の新橋に戻れって言うんですか？」

「決まりなんですよ。それにそのマスクじゃ無理ですよ」

私たちは防護服の付属品の紙のマスクをしていた。

「なぜ入れないんですか？　私たちには知る権利があると思うんです」

知る権利があると思うんです。そんな言葉を使ったのは、もちろん生まれて初めてだ。私は権利を行使しに来たのか、こんなところまで。私は自分の言葉に驚いていた。

「ここは私有地なので。とにかく名刺をいただけますか？　どの検問から入られました？」

雲行きが怪しくなってきた。下手したら通報される。面倒だ。

「あんた！　名刺出せって言うならあんたが先に出すもんやろ。それが社会人や。先に名刺ちょうだい！」

運転席のMさんが河内弁でまくし立てた。それで気勢をそがれたのか、入構チェックをする職員たちは一瞬黙った。

「話にならんわ、帰る！」

MさんはすかさずUターンをし、正門から離れた。

しかしそのまま本当に「帰る」わけではなく、Mさんは正門を出て右折してすぐのところに車を停めた。

「オカさん、正門の桜見たやろ。ええなあれ。さっきの防護服のやつらも入れ込んだら、バッチリ〝原発桜〟が撮れるな。車降りて、望遠で撮ろ」と言ってカメラの準備をし始めた。その週のグラビア班のテーマは「被災地に桜が満開」で、被災各県にチームが散らばっていた。

Mさんと私の福島チームでは原発と、富岡町の夜の森の桜並木を撮ってこよう、ということになっていた。

300マイクロシーベルトまで測れるアロカの線量計は、ゲージをいっぱいにしても振り切っている。

「Mさん、線量計、針振りきってるよ」

「ほうか、ほんなら制限時間5分な。あんた時計見ててや」

Mさんはカメラをたすきがけにしてトラックを降りて正門目がけて走りだした。

※

郡山に戻ってから、スクリーニングチェックを受け、Mさんと別れてから彼のところに寄った。

彼は出かけていて、一人で待っていると、若い衆が二人戻ってきた。

こたつに座ったりする立ち居振る舞いがぎこちない。

見ていると一人の若者が上半身を脱いで裸になった。

左脇腹に約20センチ四方のブルーのビニールコーティング紙が貼ってあった。

「どうしたんですか」

「スミ入れてきたんすよ、見ます?」

私の答えを聞くより前に若者は紙を剥がした。

左脇腹には、ひょうたんと天狗の面の彫り物がしてあった、血の赤なのか、入れた色がきれいなのか、天狗の面は、驚くほど美しい赤色だった。

もう一人の若者は服を脱がなかった。

「痛そう……」

「そりゃ痛いっすよ」

若者は、彫り師からもらってきた軟膏を、天狗の面と、ひょうたんとひょうたんに絡まっている紐の上をなぞるように塗り始めた。

「明日から作業休みなんですか？」

この日、東京電力は事故収束までの「工程表」を発表した。大量の放射線物質の放出を抑えるまで3ヶ月から6ヶ月ほどかかるとの見通しを示していた。

「いや、明日は仕事っす。今日が自分は休みだったんで」

と、刺青の若い衆は言った。

テレビ番組の震災特番は姿を消したが、まだCMは公共広告機構のものばかりで、原発にかけた冗談を言うだけで、東京では「不謹慎」と言われた。

一方で、郡山では作業の休みの日に作業員が刺青を入れている。これは不謹慎という言葉が当てはまるのだろうか。それとも現場の激しさに対してバランスを取るための行為なのだろうか。

このシチュエーションを拾い上げる言葉が見つからなかった。

「タトゥーショップ、やってるんですね」

「やってますよ、スゲー混んでます」

彼が帰ってきた。長袖の黒いタートルネックのジャージを着ている。首に、子どもの頃ガチャガチャで取ったスーパーボールの親玉みたいな大きさの水晶を連ねたものと、お守りを二つしていた。

今日も、ものすごい迫力だな、と思いながら挨拶した。

「オカ、今日1F《いちえふ》行ってきたんだろ？　どうだった？」

「正門前で名刺出せって言われました」

彼は笑った。

「出したの？」

「出せないですよ、放射能がつかないようにバッグをポリ袋に入れてシールドしていたし」

「それでどうなった？　入れたのか？」

「ダメでした」

「そうだろうなあ」

「それに私西門で、車の鍵なくしちゃって。死ぬかと思いました」

「ワハハ！　マジで⁉」

正門を撮影する前に、私たちは無人の西門前の駐車場にトラックを停めた。

正門が撮影できなかったときのための「押さえの絵」を撮るためだ。私はMさんからトラックの鍵を預かった。そして撮影のための三脚と、線量計、時計、メモ、ペンを持ち歩いているうちに、鍵をどこかに落としてしまったのだ。

車に戻ってそれに気がついたときは、いろんな事態を想定した。

① 歩いて圏外に出て、レンタカーは弁償。その場合は自腹を切るしかない。トラックって幾らなんだろう。いや、カネはいい。Mさんを被ばくさせてしまうことは、どう責任を取ればいいのか。

② 東京電力に助けを求める。その場合は通報され、新聞にも載るだろう。Mさんも載るだろう。

最終的にはこの2択であり、どちらにしても責任問題だな、と考えた。

そんな愚考を展開している間も、もちろん放射能は浴びまくりなのだ。西門の線量は毎時50マイクロシーベルト前後を示していた。正門よりは低いとはいえかなりの線量だった。

電話はもちろんつながらない。だがなぜか iPhone 4 のGPS機能だけは生きていて、地図上に正確な現在地を示してくれていた。

幸い、撮影したポイントをすべて覚えていたのでそこを注意深く見てまわると、鍵は西門駐車場の真ん中辺りに落ちていた。

紛失したと気づいてから、見つかるまでの時間は10分程度だったが、生きた心地がしなかった。

Mさんは、「大丈夫や、見つかるから。落ち着いて考えよ」と言ってくれ、私を責めなかった。

そして、鍵が見つかり無事にエンジンがかかったときには、「どうせ人もおらんとこや。鍵は車につけたままでもええな。よう考えたら」と言ってMさんは笑った。

※

結局私は、第一原発の構内に入ることができなかった。今後もできないだろうと思った。

だが、中は見てみたい。なぜ見たいのかわからないが、とにかく見てみたい。

目の前にいる彼は、原発に作業員を入れる人夫出しをしている経営者だ。

彼になんとかならないか頼めないだろうか。

鍵を紛失した顛末を彼は笑いながら聞いていたが、そうしているうちに若い衆が集まってきた。

「飯行くか」

と言って、彼は立ち上がった。

私たちは郡山駅近くの焼き肉店に入った。

「Kは今1Fに入ってるんだ」

彼は、私の目の前に座っている若い衆を顎で示して言った。

「お幾つなんですか」

と聞くと、

「33です。社長の一つ年下ですね」

とKさんは言った。

「原発、怖くないんですか？」

と思わず聞くと、

「怖いっていうより、直したいっていう感じですかね」

と言った。

「直したいとは？」

「俺、11年間原発の仕事やってるんですよ。自分がずっと受け持ってた場所があって、そこが事故で壊れてるから、直したいっていうか。まあ、直すのは無理なんですけど」

原発を直したいと思って事故直後の第一原発で働いていると言う人に会ったのは初めてだった。

「3月11日は何をしていたんですか？」

「1Fにいました」

Kさんは、同じテーブルにいた若い衆のTさんを指さして笑いながら言った。

「あのとき、俺とTは放射性廃棄物を処理する建屋の地下にいたんすよ。で、揺れたとき、俺が『足場の上にいる同僚を助けに行こうぜ』って言ったら、Tは『俺、助け終えて、無事帰れたら逃げるっす。ロレックス持って逃げるっす』って言ってたよな」

Tさんは真顔で受けた。

「俺は揺れた瞬間、みんな慌てて避難するだろうから、この辺りじゃ盗難やり放題になるだろうと思ったっすよ。実際そうなったし」

Tさんがそう言うと、Kさんは、

「俺は全然そんなこと考えなかったよ。お前がそういうことを思いつくのは、実際に自分がやってたからじゃねえの」

そして、Kさんは苦笑しながら私にこう言った。

「Tは、昔オレオレ詐欺やってたんすよ」

「違いますよ。オレオレ詐欺じゃなくて闇金融っすよ」

Tさんは慌てて訂正した。

3・11の数年前、Tさんは東京・渋谷にいた。上京してすぐに『ドカント』という高収入の求人雑誌で見つけた仕事は、ヤミ金の貸付業務だったのだという。

「1ヶ月でどんどん人がやめていくんですけど、俺まじめに勤めちゃって1年ぐらいやってました。カネは良かったんですけど、ストレスも半端ないのでキャバクラばっかり行っちゃって。カネも貯まらないし最悪でした。それで田舎に帰ってきて原発に入りました」

親方の彼は、そんな会話を聞いてニヤニヤしながら肉を全員分焼いている。

私はKさんに改めて聞いた。

「ところで、Kさんは11年も原発に勤めてるんですよね。なんでですか？」

「高校出てからしばらくブラブラしてたんですけど、機械いじりは好きでした。友達の紹介で原発の仕事をし始めたんですけど、初めて原発を見たときは、かっこいいと思ったんですよね。1トンぐらいあるボルトとか初めて見たりして、かっけえなあって」

事故収束作業でも、事故前から受け持ってきた現場に志願してまわしてもらったのだという。

「それに、いまさら職場を変えるのもだるいじゃないですか。他の仕事してもそうでしょう？　新しい職場に行くより、今までの仕事をしていたほうがストレスが少ないっていうか」

「原発事故を起こしている現場でもですか？」

「矛盾しているかもしれないですけど、あんまりそれは考えないようにしてるんですよね」

皆、Kさんの話をじっと聞いている。

「震災後、電力社員はしばらくJヴィレッジに泊まり込んで連勤してる人たちもいたんですけど、俺はいわき市内にアパートを借りてもらってそこから車で通ってます。俺たちもハンパなく疲れてましたけど、ある日、いつも見る社員のオッサンがヅラを取って出社してきたんですよ。それ見たとき、ああ、社員も大変なんだなあって思いましたよ」

「カツラの社員がいたんですか」

「そうなんですよ。で、俺らからしたら事故前からバレバレだったんですけど、改めて驚いてあげちゃって。誰それさんってヅラだったんですか⁉　って。俺らも結構疲れてたんですけど、前から気づいてたって雰囲気出すとヅラの社員も傷ついちゃうじゃないですか。だから、えええ⁉　ヅラだったんですか？って一芝居打ちましたよ」

Kさんの話で皆は笑った。

レモンサワーをあおってから、Kさんは私に聞いた。

「原発の取材してるんすか？」

「そうですね、今日も正門前まで行ってきたんですけど、入れなくて」

「女の人は無理でしょうね、今事務本館の2階を除染して、女性も入れるように線量を下げようとしていますけど、取材は無理なんじゃないですかね」

ダメ元で聞いてみた。

「たとえば、皆さんの会社に入社して、現場作業するとかできないですか？　それが無理なら、カメラを預かってもらって中を撮ってきてもらうことはできないですか？」

私が言うと、彼が横から、

「お前本気か？」

と聞いた。

「ほんとにお前変わってるなあ。原発の何が見たいの？」

「何が見たいのか、中がどうなってるかわからないから、わからないです」

「お前、チンポついてるんじゃねえの、男だろ、ほんとは」

彼はどこかに電話をかけ始めた。

「やっぱり1Fの中は女は入れねえから、Jヴィレッジの事務仕事ならなんとかなるかもしれねえ」

電話を切った彼はそう言ってから、私に聞いた。

「お前、今カメラ持ってるか？」

「持ってます」

「それちょっと貸して。I、お前カメラ持って明日から現場入って、なんでもいいからすごそうなところ撮ってきて」

私は驚いた。取材に協力しているのが東電にバレたら、業者の指定が外されてしまうからだ。

「え。本当にいいんですか？」

と私が聞くと、彼は、

「そんなの構わねえよ。バレないようにやるから。Iは〝フクシマ50〟なんだ。爆発直後から収束作業に入ったんだよ」

と言った。厳密には〝フクシマ50〟とは3月14日の3号機爆発時に退避せず現場に残った約50名の作業員のことを言うのだが、彼はIさんのことを「フクシマ50」と呼んだ。

Iさんが、私の代わりにカメラを持って構内に入ってくれることになった。

「最近、1Fの中で、これは、というものはありますか?」

と私はIさんに聞いた。

「毎日見てると見慣れちゃって、どれがすごいのか、っていうのはわからなくなっちゃいますね」

「変な話、現場にいる皆さんが、どんなものを昼ごはんに食べているかを写真で知るだけでもニュースになると思うんです」

「あー。そういうことだったら写真に撮ってこられますよ」

「そういう感じで他にないですか」

「防護服の背中に落書きしてるとかはありますよ。皆マスクと防護服になっちゃうので、誰が誰だかわからないから、マジックで名前を書くんですけど、そのついでに、お国のためにガンバリマス、とか、危険手当をもっと出せとか、チンポとか、そういうことを背中に書いたりしてます」

「それも撮ってきてもらえませんか」

「いいですよ」

やりとりを聞き終わった彼は、

「オカ、お前色白だなあ」

と言って、また全員分の肉を焼いていた。

※

震災後の被災地にも東京にも馴染めなかった私には彼と彼の若い衆たちの親切が嬉しかった。

復興作業の鉄火場では、取材者など邪魔でしかなかっただろうが、私の頼み事も嫌な顔をせずに聞いてくれた。

彼らの発する言葉も良かった。ひと言ひと言に贅肉がなく、心に直接入ってきた。

東京に帰って、彼に20キロ圏内に連れて行ってもらった話を友人にしたときに、こんなことを言われた。

「その人、ヤクザだったんでしょ？　20キロ圏内に連れて行かれて、マワされて、殺されて捨てられたら、しばらく捜索されないんだよ？　危ないことするんじゃないよ」

私は激怒した。私自身の「人を見る目」を低く見られた怒りもあるが、顔を見て目を見れば、彼がそんな人間ではないことがわかってもらえるはずだと思った。でも東京では「こう」見られるのだ。

私は彼に傾倒していった。東京にも居場所がなく感じた自分は、彼に頼るようになっていった。

※

２０１１年5月10日。

ウサマ・ビンラディンがアメリカ軍によって殺害された8日後。

私たちはいわき市田町の焼き肉店にいた。

「いいのが撮れたから」と彼に呼ばれた私は、東京からカメラを返してもらうために出向いた。

Ｉさんは、提供が禁止になったユッケを３人前頼んで頬張っていた。

「ユッケが怖くて原発で働けるか」と言いながら。

その前月の４月に、富山・福井・神奈川の焼き肉店「焼肉酒家えびす」で、集団食中毒事件が起こり、ユッケを食べた６歳の男児が死亡したのを皮切りに５人が死亡した。以降、法規制を視野に入れ、ほとんどの店舗が自主的にユッケの提供を見合わせていた。

彼は焼酎のお湯割りを飲んでいた。

Ｉさんから写真の入ったデジカメを手渡される。

すぐにパソコンを開いて、ＳＤカードのデータを取り込み、壊れた建物や、散乱しているホース、作業員たちがバスでふざけている様子などを、Ｉさんに説明をしてもらいながら確認していった。

一息ついて、ビールを飲んでいると、

「最近なんかイライラが収まんなくて、恐喝しちまうんだよな」

と彼は言った。

「恐喝ですか」

「テレビのやつらとか、取材の電話かけてくるんだけどよ、『なんか面白いことありませんかあ～』みたいな軽いノリで来るから、バチーンってキレちゃって。『お前今すぐ福島来い』ってテレビのやつら呼びつけて、その場で土下座させて。それを動画にとってYouTubeにアップするぞって脅したり」

「それ、恐喝にならないですか？」

「だから、恐喝だっつってんだろ。あんまりやると捕まっちゃうから、控えめにやってるんだけど、なんだろ、やっぱり今、俺も普通じゃないのかもなあ」

と彼は言った。返す言葉がなくて黙っていると、

「Twitter見たぞ。お前、死にたいのか」

Twitterに、私は死にたいと連日書き込んでいた。

「はい、死にたいですね」

「なんで死にてえの」

「うーん……なんかうまく言えないんですけど。私も普通じゃないんだと思います。なんで

自分は死なないで生き残ってるのかなあって」

「震災うつなんじゃねえの」

「そういうことなのかもしれないですね」

「飯食えてんのか」

「食えてないですね」

「痩せたよな」

「はい。５キロぐらい」

「俺も死にてえんだよ。でも男っていうのは痩せ我慢だからな。会社だって、続けてるのは意地があるからなんだよ。会社潰せば電力から補償受けられるから、そっちのほうが楽だけど、意地で潰さないでやってんだよ。女のお前は死にたいとか素直にそういうこと言えるのかもしれねえけど、俺は人に死にたいなんて言えねえからな」

「そういうものですか」

「そうだよ。お前、死にたいなら俺が殺してやっからよ」

会計を終えて外に出る。

唐突に言葉が口を衝いて出た。

「会ったときから好きなんです」

「知ってる。でもそれ、好きっていうのとは違うと思うぞ。お前は今死にたいぐらい寂しいんだろ。誰か頼れる人が欲しくて、それが俺ってことなんだろう。だから、死にたくなったら殺してやっから。まあ、でもお前は俺より長生きするだろうけどな。俺は放射能浴びまくりだから。

原発に入りたかったら、入れてやるし、子ども欲しくなったら仕込んでやるから。ハハハ。な。だからもう帰れ」

彼は私に背中を向けてどんどん歩いていった。

亡くなった請戸の方へ
残った者たちは、ガンバッテ
生きていきますので
安心して永眠して下さい
2011.4.10　浪江町請戸地区　ガムテープの慰霊碑。このとき、まだ捜索は行われていない

2011.4.10　浪江町請戸地区　元は住宅地だった場所

2011.5　大熊町　1Fへ向かうバスでふざける作業員（I氏撮影）

2011.5　大熊町　非常電源の黒い管が散乱する1F構内（I氏撮影）

父と息子

彼のお父さんと初めて会ったのは２０１１年4月23日のことだった。

彼が私に紹介してくれたのだ。

「この町のことを知りたかったら親父に聞くといいよ。親父は、楢葉の町会議員をやってるんだ。俺たち家族のことは投げたけど、町のことと他人のことと自分のためには普通じゃないぐらい働く。俺は7年ぐらい絶縁してたんだけど」

と、彼は言った。

彼とお父さんが復縁したきっかけは、震災だった。

彼は事故直後から1ヶ月ほどの間、毎日20キロ圏内から避難した人たちの避難所に物資やガソリンを運んでいた。ガソリンがなく乗り捨てになった車を、持ち主の代わりに20キロ圏内に取りに行ったりもしていた。

「親父も絶対にボランティアやってるはずだと思って、姉ちゃんに頼んで連絡先を教えてもらった。だから、俺も再会してまだひと月ぐらいなんだ」

※

いわき中央インターチェンジの駐車場で待っていると、お父さんはボロボロの白いセダンに乗ってやって来た。

車体にはマジックで「楢葉町災害ボランティアセンター本部」と殴り書きしてある。

車から降りてきたお父さんは防災服姿で、身長が165センチほどの彼よりももっと小柄だ。

姿勢がやたら良く、ニコニコ笑っている。

頭には「楢葉町」と書いてある白いヘルメットを載せていたが、それを脱いで、私に手渡した。

坊主頭を撫でながら、

「オカさんは今日は楢葉町の代表として中を視察してね」

とお父さんは言った。

車に乗り込むと、ほのかにワキガの臭いがした。

「20キロ圏は昨日で封鎖されちゃったから、中見れっかわがんねえけど、行ってみっか」

楢葉町は、そのほとんどのエリアが第一原発の20キロ圏内だ。

前日の4月22日に警戒区域が設定されたことにより、通行許可証を持たない車両の20キロ圏内への立ち入りは禁止になった。

今日、「楢葉町を視察する」と言うお父さんは、通行許可証を持っていないのだという。

車はいわき中央インターチェンジから常磐自動車道を30分ほど走り、広野インターチェンジで下りた。

このまま素直に6号線に向かうとJヴィレッジ前に出てしまい、警戒区域の検問に引っかかる。

どうするのかなと思っていると、お父さんは大きくハンドルを右に切り、警戒区域の検問のあるJヴィレッジと真逆の方向にある山道に突入していった。

小柄で初老ではあるが、会ったばかりの男性に、獣道のような山道に突然連れて行かれることに軽く恐怖を覚えた。

激しく蛇行する砂利道を20分ほど走ると、突然、ガードレールが道の真ん中を塞いでいるのが見えた。

山道の右手は20メートルほどの崖になっている。

「このガードレールは、昨日警察が慌てて置いていったんだけど。行けるかなぁ」

お父さんは、車のハンドルを大きく切り、脱輪するすれすれまで車を崖のへりに寄せながら、ガードレールの脇を通過して勝手にバリケードを突破した。

「蛇の道は蛇。裏道があんのよ。こっから先が警戒区域内。オカさん、運がいいね」

とお父さんは言った。

警戒区域内に無断で立ち入ることは防災対策基本法違反で、見つかると罰金10万円を課せられる。

軽々と違反行為をする町会議員のお父さんを見て、「やっぱり彼の父親だな」と納得している自分がいた。

「じゃあ、第二原発を建てた当時に日本で一番コカ・コーラが売れた洞口《ほらぐち》商店の前を通って、第二原発まで行ってみますか」

幹線道路の国道6号線は、ところどころ道が陥没していて、その都度迂回をしながらお父さんは第二原発までゆっくり車を走らせていった。

楢葉町と富岡町の境にあるファミリーマートは入り口のガラスが破られ、ＡＴＭは盗難に遭っていた。

「事故のあともお父さんは楢葉町に戻ってきているんですか？」

と私が聞くと、

「ほぼ毎日だね。まだ避難しないで中にいる人が結構いて、食べるものとか水を持っていったり、避難するように呼びかけたり。津波で亡くなったご遺体を20キロ圏外に運んだりもしたな。楢葉町は１週間ぐらい前にようやく20キロ圏内の捜索があったんだけど、それまでは捜索が手つかずだったでしょう。ご遺体がある場所はわかってるのに、引き上げられないなんてかわいそうだから、若手の町議２人と一緒に葬儀屋を説得して中さ入って、外に運んで納棺したりしていたよ」

お父さんが言うには、他の町会議員は避難してしまい、楢葉町に近づこうとしないのだという。

お父さんの話す言葉は訛りがきつい。

耳が慣れない私は、お父さんの話に割って入って聞きたいことを聞くことができなかった。

会話が途切れたときに、通り一遍の質問をした。

「お父さんは、町会議員としては原発賛成派だったんですか？」

「この町はもともと賛成派しかいないよ。反対派は共産党ぐらいなもんで。俺は議員になってからは、原発のことは一番最初に勉強しないといけないと思ってやってきたんだけども。でもよ、勉強すればするほど、〝原発はダメだ〟っていう結論しか出ねえわけよ。それでも、町の根本は原発だっていうのは変わらないでしょ。町としてはもう第二原発が建ったあとで、〝やっぱりダメだから即廃炉しよう〟っていう論理は成り立たねえわけでしょ。だったら、最悪なときにどうするかシミュレーションを考えないとダメだと思ってたんだけど。日本って危機管理が全くなってない国なんだよ。そういうところにお金を惜しんでたらダメだよと、議会でもなんでもよく言ってたんだけども」

「楢葉には反対派はいなかったんですか」

「反原発はほんとに少数派だったわい。だから反対派は相手にされないわけよ。ハンガーストライキやって反対する人もいたけど、町の人は白眼視するだけで。ここは田舎だからな」

ところどころ聞き取れないところがあったが、お父さんは構わず話し続けた。

そうしているうちに到着した第二原発の入構は東京電力の職員によって断られた。

帰りにお父さんの住んでいた家に向かった。

2週間近く前に彼にも連れて行ってもらった家だ。

原発から18キロほどのところにある、お父さんの自宅は、基礎だけ残して津波に持っていかれた。

「第一波が来て、家がバーンと粉々に砕けたんだよなあ」

自宅の南側の高台から津波を見ていたお父さんはそう言う。

「アルバムとか、思い出の品とか探したんですか？」

「探してないよ、なくなってスッキリした」

とお父さんは笑った。

「地震が来てから数日は、毎日泣いていたけどな」

目の前が海だ。天候は曇りで風が強く、波が高い。お父さんの家のすぐ前の堤防に立つと、南側の堤防が津波で大きく壊れていて、波消しブロックがいきなり現れ、黒くて高い波が目の高さに立ち上がってくる。

少し怖くなり、

「こんなに海のそばに近づいて、また津波が来たら危ないから、帰りましょうよ」

と言うと、お父さんは、

「ほんなすごい波は、1000年に一回しか来ねえから、大丈夫だー」

と言った。

私は笑ってしまった。

※

彼にもお父さんにも独特の魅力がある。

7年間絶縁していたのに全く同じ言葉を話したりする。

二人とも、震災直後からボランティアをしていたが、「ボランティアなんて自己満足だ」と二人とも同じ言葉を使った。

法律をよく知っているが、特に重視していない点も似ていた。

後ろ姿も、歩き方も似ていたし、一度心を許した人に対しては親切であることも似ていた。

私は、お父さんとも、彼とも3日と空けず連絡を取り合い、仕事が休みの日には浜通りに通い、彼らと週に一度は会うようになった。

※

お父さんと初めて会った3ヶ月後の7月のある晩。

私はお父さんと息子の彼に挟まれてスナックのソファに座っていた。

彼の会社の納会に呼ばれ、2次会のスナックでのことだった。

「それにしても、あの国会議員らの話、聞いたか⁉」

と彼は聞いた。

いわき市の「松本楼」で行われた納会には、第一原発の視察の帰りだという民主党の国会議員二人が「激励」に来ていた。

「議員の先生たちに、『ここにいるIとEは事故直後の16日から現場に入ったやつらです、命かけてるんです、先生たちも命かけられるんですか？』って聞いたらよ、なんて言ったと思う⁉」

「なんて言ったんですか？」

「『まあ、命かけられるかどうかみたいな話は別として』って言ったんだよ。あいつら俺たちにくっついて2次会に来たらボコられてたよな」

向かいの席で聞いていたIさんは、

「そっすね。Eは柏崎から1Fに向かうバスの中で、遺書書いてたぐらいでしたからね」と言って、にやにやと笑った。バスの中で、Eさんは黒いボールペンがなかったから、赤いペンで遺書を書いたのだという。

「あのとき、社長は、元請けに『死んでもいいやつ集めろ』って言われていたらしいんですけど、俺らに1Fに行けって言えなくて、自分が行こうとしていたんすよ。俺は柏崎にいたんすけど元請けの知り合いからそれを聞いて社長に電話したんすよ」

「そう。Iが電話してきて、『社長が1F行って、もし社長が死んだら会社が潰れるから、俺行きますよ』って。お前ほんとにいいのかって聞いたら、『いいですよ、行きますよ』って言うからよ、『わかった。もしものことがあったら、かっこ良く死ねよ！』って言ったんだ」

そういうやりとりを交わしていた彼らに向かって、「命かけられるかどうかみたいな話は別として」という言葉を口から出してしまう民主党の議員たちを、彼らは心の底からバカにしていた。

「俺の親父のほうが、よほど命張ってるよな。毎日中入って、町民助けてるもん」と、彼は言った。

「親父！　だから一回、国政立たないとダメだ！」

「まあ、そうだなあ。時期が来たらな」

お父さんはあまりピンときていないようだった。

酒を飲むにつれて、昔話になっていった。

「ガキの頃、俺は親父に無理心中させられそうになったことあるんだよ」

「無理心中。そうなんですか」

「俺が3歳頃だから、30年ぐらい前のことだったな。親父が『パパと死ぬか』って聞くから、わけもわからないで『うん』と言ったら、車に乗せられて、どこか海の近くに行ったのは覚えてる」

「それでどうなったんですか」

「死んでたらここにいないだろ」

と親子に同時に突っ込まれた。

「お父さんはなんで死にたかったんですか?」

私はお父さんに聞いた。

「うん?　まあー、俺の嫁様に駆け落ちされて、経営していた車屋も潰したりして、破れかぶれだったんだな」

　とお父さんは言った。

「あの頃は、楢葉の辺りでは駆け落ちが流行ってたのよ。熱病みたいにあっちこっちの家で駆け落ちがあったんだわ」

「流行ってたんですか」

「俺の会社の専務とうちの嫁様は、前から怪しいとは思ってたんだけどな。ある日、専務が今日は休むって会社に連絡してきたのよ。そのあとにうちのが歯医者に行くって言って出ていった。２時間しても戻ってこねえから、なんか胸騒ぎがして、歯医者さ電話したら、『奥さんは来てません』って言うんだな。慌てて野郎の家にも電話かけたら奥さんが、『会社に行くと言って出ていった』って言うから、これはやられた！　って思ったな。それからいろいろあったけど結局離婚したんだ」

「その後は元奥さんには会ったんですか？」

「そのあとはわかんねえな、俺は。うちの近所にいるかもしれねえなあ。この間セブン‐イレブンに行ったら、ソックリな人がいたから。話しかけなかったけどな」

　彼は黙って聞いていた。

今度は彼に聞いた。

「なんでヤクザになったんですか」

「お前みたいなのはヤクザになるしかねえなって親父に言われて」

だから、彼がヤクザをやめるときも父親が間に入った。

そこで何かが起きた。そして彼は父親と縁を切ったのだった。

「この子は暴走族やったり、少年院さ入ったりでな。この子の最初の嫁様の母親が慌てて連絡してきて、『息子さんが大変です。背中一面に入れ墨を入れてきてしまいました』ってこともあったたな。俺は、『入れたあとに連絡もらっても消せないからしゃああんめ』と言ったけどな」

とお父さんが言うと、彼は「親父だって、パクられてるんだから」。

「そうなんですか?」

「NHKにも顔写真入りで出たことあるんだよ。親父は」

「逮捕されたんですか?」

「あー。21日も拘留されて、勉強させてもらったわい」

「なんで捕まっちゃったんですか」

「顔見知りが、親戚のヤクザを、俺が理事をやっている漁協に入れてくんちぇと頼んできたんだけど、ヤクザを入れるわけにはいかねえって言うので、俺は理事長として断ったんだ。したらハ、つかみ合いになって、俺が小突いたら、その顔見知りが後ろ向きに倒れて、倒れたところにあったものに頭をぶつけてしまったんだわ」

「最近の話なんですか?」

「いやもう10年以上前の話だけどな。留置所に入れられて、最初の3日は反省のために絶食したら刑事さんが怒ってなあ。食わないと死んじまいますよ! って言うから、4日目には飯食ったな」

「3日も食べなかったら、かなり痩せたんじゃないですか」

「ところが俺はよく考えたらハ、飯食わねえほうが健康なのよ。だから、飯腹いっぱい食ってるほうが具合が悪いがら、絶食して健康になっちまった」

この頃にはお父さんの浜通り弁も完璧に聞き取れるようになっていた。

そして、だんだんと自分の話し言葉も浜通り弁がうつってしまうようになった。それだけの頻度で、私は彼らのところに通っていた。東京にいるよりずっと居心地が良かったのだ。

※

「やっぱりホッケはうめえなあ～」

納会から5ヶ月後の2011年12月の終わりのこと。

お父さんと私はいわき駅から徒歩数分のところにある田町の居酒屋にいた。

この頃には、私は彼の話す浜通り弁のイントネーションや声色が完全にうつってしまい、「まるで息子と話しているようだ」とお父さんに言われるようになった。

ノンアルコールビールを飲みながら焼いたホッケをつまんでいるお父さんは、初めて会った4月23日に着ていたのと同じ防災服姿だ。

「おめも食え」

勧められて私もホッケに箸をつけた。

「うん、おいしいね」

「皮のところがうめえよな。セシウムも入ってるんだろうなあ～」

「福島産じゃなくてもセシウムって入っているのかな」

「入ってっぺよ、もちろん！　静岡のお茶からだってセシウム出たって新聞でもやってたんだからよ。そうだ、この前相馬港で水揚げしたいくらがキロ100円だって聞いて、急いで電話したけども、もう全部売れたあとだったよ」

「そのいくらは、セシウムは大丈夫だったの？」

「検出限界値未満だったんだ。でも福島産てだけで値段がつかねえんだわ。うちの蕎麦屋で使おうと思ったんだけど」

「国政に立て！」と息子に言われたお父さんは、その2ヶ月後になぜか蕎麦屋をオープンした。営業を始めてもう3ヶ月になる。

蕎麦屋を出すために元手にしたのは、津波保険だ。

高校を出てから仕事を何度も変えたお父さんだが、飲食店を経営するのはこれが初めてだ。

いわきの一番南側、茨城県との県境にある勿来《なこそ》町の、さらに最南端にある九面《ここづら》というところにお父さんは蕎麦屋を店を出した。

目の前のトンネルを抜けるともう茨城県だ。

名物は十割蕎麦の上に大根おろしといくらを載せた「いくらそば」だ。

お父さんが蕎麦屋の準備を始めたのは震災の年の6月終わり頃だった。

もう何年も使われていない様子の海べりの民家を借りると、誰のものかわからない衣類が入ったままになっていたたんすを幾つか撤去し、畳を入れ替え、シミだらけの天井をペンキできれいに塗り直した。

2ヶ月ほどかけて徐々に手が入り、なんとかお客さんを入れられるようになった。

私は開店準備中の蕎麦屋の2階の8畳に泊めてもらうようになった。

いわき市内のホテルは原発作業員などの宿舎として満員の状態がずっと続いていて、簡単に宿が取れないからだ。

いつも借りる2階の和室の布団は、避難所で使っていた支援物資をもらい受けてきたものだった。

枕カバーからは誰のものかわからない皮脂の匂いがした。

お父さんへの遠慮が取れてきた頃、風呂の脇にある洗濯機を勝手に使って枕カバーとシーツの洗濯をした。

それにしても、昔の造りの家は寒くて、寝付くのに苦労する。

海べりの家は風が抜け、夏はさほど暑さを感じずに眠れたが、冬になると木枠の窓は外の寒気を容赦なく伝えてくる。

それにこの家では、常にどこかで何かの音が鳴り続けているのだ。

蕎麦屋の目の前の陸前浜街道は第二原発と第一原発につながっている。

店の前の信号から77個目が、第一原発最寄りの中央台の信号だ。

目を閉じると、頻繁に行き交う大型トラックと、時折やって来る地鳴りがするほどの地震がこの家を揺らす。

道が静かになると、道とは反対の方向から、波の音が聞こえてきた。

蕎麦屋の2階には、震災の年の夏から年末までの間、ほぼ毎週末世話になった。

だから、店内が整い、2階の居住空間が徐々に人が住める状態になっていくのは、私も嬉しかった。

お店の名前は「そばの駅楢葉九面」という。楢葉の2文字を屋号に入れてほしいとお願いしたのは私だ。お父さんが理事長を務める漁協のメンバーが、仮設や借り上げ住宅から蕎麦屋に通って働いている。

※

ほっけを食べ終わった私たちは居酒屋を出て、駅前の道路を突っ切り、駅ビルのLATOVの裏を抜けて田町のスナック街の中に入っていった。

震度3で300円off

震度4で400円off

震度5で500円off

もうレベル７＼(^o^)／みたいだから…

やるしかない！

道にはみ出した居酒屋の看板の文字を見ながら、夏以来行き交う人の数がめっきり減ったと私は感じた。

12時前なのに人ひとり歩いていない。

「作業員の人たち、見なくなったよね」

「夏に乱闘がたくさんあったみたいだからなあ」

東京電力は、作業員がいわきの繁華街の田町で頻繁に乱闘事件を起こした7月から、夜10時以降の外出を禁止するようになった。

駐車場から車を出す。

ここからいわき市の最南部にある九面のお父さんの蕎麦屋までは約1時間ほどの道のりだ。

「オカもだいぶこの辺に詳しくなったなあ」

「震災の前は知識ゼロだったからね。楢葉っていう町があるって震災が来るまで知らなかったし」

「Jヴィレッジも知らなかったか」

「サッカーに全く興味がないので、原発作業員の拠点になるまでは知らなかったよ。私は事故の前の楢葉がどんな感じだったかわからないんだよね。楢葉は、これまで有名なサッカー選手とか歌手とか歴史上の人物とか、誰かいるの？　ネットで調べても有名な出身者が全然出てこないけど」

「うーん。いねえかもなあ」

「有名人だけじゃなくて、たとえば天神岬には東日本で最大規模の弥生時代の墓の遺跡があったりするけど全然知られてないよね」

天神岬は、第一原発から15キロメートルほど南側にある楢葉町の小高い崖で、崖の上からは楢葉町の南側半分と火力発電所のある広野町までが一望に見渡せる。

崖の直下には木戸川が流れ、秋には鮭が遡上する。

その町を代表する名勝には、必ずゆかりの文化人の句碑や歌碑があるものなのだが、天神岬にはそれが見当たらない。

天神岬の展望台に登り、第一原発のある北側を見ると、公園の隅に建つ巨大な石碑を見つけたので、近づいて確認したらこう書いてあった。

「うみにおふねを　うかばせて　いってみたいな　よそのくに」

石碑を建てたのはいいが、書くことがなかった。そんな感じが伝わってきた。

「今の第一原発のあるところは陸軍の飛行場になったあとに、塩田になったんだよね」

「あそこだけが塩田だったわけじゃねえのよ。その辺中に塩田はあったから。俺が子どものときは今よりも100メートルぐらい先まで砂浜があったのよ。夏なんか裸足で歩くと熱くて海まで辿り着けないぐらい、そのぐらいの距離の砂浜があったの。その砂浜で塩田やってたから」

「第二原発が来る前って、楢葉はどんな感じだったの？　貧しかったから原発を置いたって聞いたけど」

「まあ、町全体が貧乏だったな。やっぱり父親はみんな出稼ぎしてたり。春になると集団就職列車が常磐線の駅にひと駅ずつ停まって、中学生を乗せて東京に送っていたたな。

でも、双葉郡は原発の町だと思われてるけどそうじゃねえのよ。もともと炭鉱の町だったのよ。でも、俺が中学の頃だから昭和33年頃に閉山したの。木戸炭鉱ってハ、常盤炭鉱よりも前から長く操業してたから。

楢葉町になる前、俺がガキのころは木戸村って名前だったんだ。木戸村だけで1万2000いた人口が、竜田村と合併して、楢葉町になって、原発ができてもどんどん人口が減っていって、地震のときには8000人ぐらいだからな。

木戸駅前には、トロッコ列車があって、資材置き場があって。小さい駅だったけど物流拠点だったのよ。だから、木戸駅前には旅館はあったたし、商店もあったし、料理屋も芸者のいる置屋さんもあったよ」

「子どもの頃って、どんなものを食べてたの？」

「だいたいおかずはなくて納豆とかたまごとかつけものだった。納豆では兄弟喧嘩だな。どっちの茶碗に載せた納豆の粒が多いとか。たまごをかけるときの白身と黄身の割合でも喧嘩。ほんとに食うものと着るものはなかったな。当時は足袋もなかったから、下駄履いて裸足で雪道歩いてたな。

水道もなかったし。風呂も五右衛門風呂ってやつで、薪を燃していたし、煮炊きも竈だった。生活がちょっとましになったのは東京にオリンピックが来てからだな。それまで道路も土だったり。その道路の土も削れちゃって、馬車なんか荷台ごとバランス崩してしょっちゅう横転して田んぼに落ちたりしてた。犬も食べてたしよ」

「えー！　犬!?」

「小学4年の頃、メリーって犬が家にいて俺がかわいがってたんだけど、帰ってきたらいなくなっててよ。ほしたらうちの親と近所の大人に食われてた。雨になっと百姓は仕事休みでしょ。すっと近所の大人はみんな集まると、犬食うんだよ。鉄道に轢かっちゃった犬とか、飼ってる犬とか。うちの親父も消防団の集まりに行ってくると、『今日うまいキャン豚食ってきた』って言うわけだよ」

「キャン豚」

「そう。キャンって鳴くでしょ犬は。だからキャン豚なんだな。あとごちそうといえば、カレーライス。さんまの肉入れたりソーセージ入れたり。たまご産まなくなった家の鶏をつぶして入れたりな」

しばらく昔話を夢中でしていたお父さんは、唐突に私に聞いた。

「オカは会社行かなくなったのか」

私は２０１１年12月16日から会社に行くことができなくなり家に閉じこもっていた。

その日は野田佳彦総理大臣が原発事故収束宣言をした日だった。

「うーん、行ってないね」

東京で仕事をする意味がわからなくなってしまったと、理由を話すのも情けない気がして、私はそれ以上お父さんに何も説明ができなくなってしまった。

「やっぱり地震が起きてから東京とノリが合わなくなっちゃって」

「ほうかい。地震がなければオカはこうやって福島さ通うこともなかったわけだからなあ」

「そうだねえ」

「地震があってよかったこともあるからな。俺がよかったのは、７年ぶりに息子が電話してきたことだな」

とお父さんは言った。

※

借りている蕎麦屋の2階の8畳に横になる。家が軋むほどの大きなトラックが立て続けに家の前を通り過ぎる音を私はやり過ごしていた。

震災が来てよかったと言えることが私にはあっただろうか。

時計を見ると2011年12月28日の午前3時をまわっていた。

あと2時間後には彼が私を迎えに来る。警戒区域の中に連れて行ってくれるのだ。

勿来漁港から

鴨居にかけてある勿来漁港からの感謝状を眺めながら支援物資の布団に横になる。

感謝状はこの家の前の住人が置いて行ったもので、知らない人の名前が書いてある。

お父さんになぜ会社に行けなくなってしまったのかを話すには、長い時間がかかると思ったから、結局私は黙ってしまった。

私は記者の仕事に全く意味を見出せなくなってしまっていた。

※

私のいる編集部の編集方針は「原発事故による人体への影響は大したことがない」というものだった。

いわゆる「安全側」に立った編集をしていた。

東京の放射線量が事故前の数倍になっても、原水爆実験を行っていた1960年代の空間線量に比べたら低い数値だし、内部被ばくも時間が経てば放射性物質のほとんどが体外に排出される、というのがその大きな理由だった。

しかし、そう記事に書いている編集部員の妻子の多くが、関西に避難していることを私は知っていた。

震災後3ヶ月が過ぎようとする頃には、記事の作り手は原発事故や震災という「ネタ」に飽きていた。被災地に関する記事は激減した。

「被災地」特集が売上増に必ずしも結びつかなかったこともあるのかもしれない。

それからは東北三県に仕事で行くことが難しくなり、東京での仕事が増えていった。

「通常業務」に戻ったのだ。

しかし私自身は震災の揺れのまっただ中にいるままで、日常生活に戻ることができなかった。

6月はじめのある日の私の「通常業務」は、「衆議院赤坂議員宿舎の近くにあるラーメン店前にカメラマンと張り込み、議員がラーメンをすする姿をパパラッチする」というものだった。

偶然撮影できたのは、連日何度も官房長官会見を行い原発事故情報を発表していた枝野幸男官房長官だった。

たまたまオフだったその日の官房長官はグレーの薄手のとっくりセーター姿で、お腹が突き出ていていかにも不健康そうな様子だった。

一緒に張り込んでいたカメラマンが写真を撮り、翌日枝野氏が食べたラーメンのトッピングメニューをラーメン店の店員に聞き出す仕事をこなし、記事にした。

この仕事に何の意味があるのか全くわからなくなった。実際に「何の意味があるんですか」と上司にも聞いた。

上司は笑って私に言った。

「俺だってこんな仕事したくねえよ、でも、必要なんだよ、これも！」

※

日常生活に戻ることもできなかったが、「現場」に馴染んでいたわけでもない。

現場で「絶句する」場面に幾つも遭遇した私は、福島に「慣れる」ことができなかった。

自分の言葉が、どんどん奪われていくような気がしていた。

震災から3ヶ月が経過しようとしている6月初旬の飯舘村。

原発から30キロ以上離れているにもかかわらず高線量の放射能で汚染されてしまったこの村は、5月15日から村民の計画避難が開始された。

休日に私は、作家のFさんの撮影に同行させてもらっていた。

Fさんは飯舘村をすでに何度も訪れていた。

私は浜通り南部の地理はだいぶ頭に入っていたが、飯舘村はこのときが初めてだった。

Fさんは、114号線沿いのホームセンター「ダイユーエイト川俣町店」に寄った。

梅の収穫の時期なのか、梅干しを干すためのざるや、ホワイトリカーが店頭にならんでいた。

ここで血圧計を買って、線量が直接人体に影響するのかどうかを調べるため、血圧を測りながら行くということだった。

私も店の自販機コーナーに座って血圧を測ってもらった。

いつも低血圧ぎりぎりの私の血圧はやや上昇していた。

114号線を左折して県道12号線に入り、川俣町から車を飯舘に走らせた。飯舘村の道の駅で車を停め、再び血圧を測ったが大きな変化はみられなかった。それからは、血圧を測ることはしなかった。

緩い坂を上り、川俣町の境界線を越えて飯舘村に入る下り坂にさしかかった辺りで、Fさんは「ここから線量が上がる」と言った。

その言葉を合図にしたように毎時1マイクロシーベルト以下だった線量計が3マイクロシーベルトほどに上昇した。

Fさんの頭の中には、川俣から飯舘周辺の線量地図ができあがっているようだった。

村は花農家が多くあり、トルコギキョウやポピー、菊科の黄色いキンケイギクが、風のない畑でただ咲き乱れていた。

餌も水も絶えたまま、つながれたままの犬を多く見た。

写真を撮りながら綿津見神社付近まで移動していると、庭に除草剤を撒いている老夫婦に出くわした。

話しかけると家に上げてくれた。

広いたたきの玄関をあがるとすぐに、立派な階段が据え付けられたホールがあり、ホールの壁が崩れ落ちていた。

近くの山からいろいろな木を切り出して、階段や手すり、鴨居などをすべて違う木材を建材にしていると教えてくれた。

「お父さんが普請好きだから。10年かけて建てたんですよ」

ともうすぐ70歳の誕生日を迎えるという老夫人は言った。

夫人の妹は南相馬で津波に遭い、亡くなった。妹のことを話しているうちに夫人の唇がふるふるとふるえだした。

日本赤十字社から「家電6点セット」を支給してもらってから、桑折《こおり》町の借り上げアパートに引っ越すと話してくれた。

アパートの間取り図を見せてもらうと、今座っている10畳ほどの仏間と、玄関ホールをあわせたよりも狭い部屋だった。

私は、かける言葉を失っていた。

私のどんな言葉もこの場所では無力だ。

私の言葉は、彼女が彼女自身の言葉で再現した津波と原発災害と家族の離散劇の前で、すべて瓦礫になってしまった。

ふと隣を見ると、じっとうつむいて黙っていたFさんは、ポケットから財布を取り出し、座卓の下で札を数え始めていた。

夫人がいよいよ泣きだしたときに、「おかあさん、これ」と言って10万円を机の上に置いた。

「なんですか」

「要り用でしょう。幾らあっても困らないものですから」

※

震災から11ヶ月が経過した、2012年2月25日の深夜。

私は自宅ではるえとワインを飲んでいた。

はるえは私の4歳年下で、数年前から福島県いわき市の中心部にある平《たいら》でOLをしている。

出会ってまだ半年も経っていないが、あまり口数が多くなく、女がよくするような共感を強要する話し方をしないはるえと一緒にいるのは楽だった。

いわきに行くとたびたび会うようになった。

はるえは赤い車に乗っていて、車内は被災証明の書類や、読みかけの本、CDや吸殻が散乱していた。なぜか大きなステンレスの鍋が後部座席にどん、と置いてあるときもあった。私ははるえの散らかった車も好きだった。

2011年末には完全に抑うつ状態になっていた私は、12月16日、野田総理大臣が原発事故収束宣言をしたその日から、仕事に出られなくなった。自宅から出られず、寝込んでしまった私に、はるえはピクニックシートを持っていわき市からバスに乗って様子を見に来てくれた。

シートを居間に広げ、コップに氷をぎちぎちに詰めてワインを飲み始めた。

彼女は、自分の友人の話をぽつぽつとし始めた。

「最後に会ったのが震災の前の年だから、1年以上ぶりで会ったんだけどさ」

彼女よりいくらか年上のその友人は、地元で美容関係の会社を経営しているやり手の女性なのだという。

「彼女、いつも私と会うとき、彼氏連れて来るんだけど、本当にラブラブでさ。でも、私がその日、遅れていったら、彼女がフォークのおしりで、カウンターをドンドン叩きながら怖い顔して話してるのが見えてさ。聞こえてきたのが『私にもう先がないからそういうこと言うの』って」

「別れ話かね」

「うーん。しかも、彼女坊主頭になってたんだよ。いつも髪の毛完璧に巻いてる、スキがないぐらいの格好をしているのに。彼女泣いちゃってて。気が強い人なのに。ビックリだよ。彼氏は黙ったままですっごい険悪でさ。

　彼女が泣きやんで、ちょっと落ち着いた頃に二人の間に入ろうと思って『CD、聴いてもらえましたか?』って彼女に聞いたの。彼女、クラプトンが好きだっていうから、前に会ったとき……って言っても1年以上前だけど……彼女が好きそうな曲を集めてCDに焼いてあげたの。

　そしたら彼女、『病室でずっと聴いてた』って言うんだよ。『ありがとう。私さあ、あのCDもらったあとすぐに肺がんってわかって入院してたんだよ』っていうの」

「いわきで入院してたの?」

「そうだってさ」

「じゃあ、電気水道ないときに入院してたんだ」

「たしかに、断水してたもんね、ずっと。小名浜とか、なんかすっごい臭いしたよね。信号も11月終わりごろまでついてないところあったしね」

いわきの総合病院は、津波で被害を受けて診療が不可能な病院が続出した。9つある主要な病院のうち、3月18日時点で5つの病院が津波被害などで診療ができない状態に見舞われた。

いわき市は、東日本大震災のちょうどひと月後に起きた地震の震源に近く、震度6弱を記録した。

そのため、市内の全域で水道の復旧が大幅に遅れ、断水が長く続いていた。

「うん。それで抗がん剤で髪の毛が抜けちゃったんだって。でも、カツラを被るのも嫌だったって。彼女、そういう性格なんだよ。それで、彼氏が『顔がきれいだから、この髪型も似合うだろう?』って私に言うんだよね。彼女はそれ聞いて、彼氏のことをじーっと見て、黙って席立ってトイレに行っちゃった。彼氏は『俺が悪いんだよな』って私に言うんだよね」

「うーん」

「お酒も強かったのに、どうりで飲まないはずだよって思って。いつもウイスキー濃いめの水割りを飲む人だったのに。

帰りに『私、もう長くないらしいんだよね』って私に笑っていうわけ。もうさあ、なんて言ったらいいのかわからなくてさあ。会社も整理したんだって。彼女、悔しかったと思う、あれだけの人だから、ボランティアとかしたかったはずなんだよね。それなのに被災地にいるのに、震災からも取り残されて、孤立して。悔しかったと思う」

はるえは泣いていた。

※

はるえは、自分の言葉が瓦礫になったんだよ、ということを私に言いたかったのだろうと思う。人の人生の稲妻のような一瞬に触れて、私の言葉も瓦礫になった。福島でそんな経験を何度もした。共感も、心配も、同意も、言葉にした瞬間すべて嘘になった。すべての言葉を奪われてしまった。共感したい、同意したい、同化したい。でも言葉という道具は頼りにならなかった。

私は、泣いているはるえに、やはり声をかけることができなかった。

※

言葉を失った私は、頼まれていた「福島についての本」も書けずにいた。

休日になると高速バスに乗り、いわきに向かった。そしてただ私は福島に、というか、お父さんの蕎麦屋にいた。

取材というわけでもなく私は単にこの蕎麦屋に居着いているだけだったから、昼の間はお父さんにくっついてどこにでも出かけていた。そのうち娘と間違われるようになった。


2012年3月11日も、私はお父さんの蕎麦屋にいた。

テレビは朝から「被災地」の映像を流し続けていた。

TBSは「絆スペシャル」というタイトルの特番で「被災地」にたくさんのレポーターを送り込んでいた。

一方、「わ・す・れ・な・い」というタイトルで特番を組んでいたフジテレビは、アナウンサーの安藤優子を楢葉町に送り込んでいた。

画面の中で、安藤優子は泣いていた。

お父さんの息子の彼は昼過ぎにやって来た。

彼はソフトモヒカンの髪をピンクに染めていた。

お父さんが、蕎麦を運んできてくれた。遅い昼食をみんなで摂る。時間は午後2時をまわった。

もう少ししたら、震災丸1年目の午後2時46分の黙祷が行われる。

「あのよー親父、メガ盛り始めろよ。メガ盛りしてるってだけで行列してんだから、あっちこっち」

「ここ、あんまり繁盛してないですもんね」

と私が蕎麦をすすりながら相槌を打った。

「俺、ここに幾ら突っ込んでると思ってんだよ、泣きたいよほんとに。カネが余ってたら、孤児院かサファリパーク造りたいんだよ俺は」

と彼が言った。

お父さんはテレビを見ながら黙って蕎麦を食べている。

開店資金で津波保険をとっくに使い果たしたお父さんは、原発関連会社の経営がうまく行っている彼からの援助を頼ったのだそうだ。

「今日はこれから、ハーレーの集会に行くんだ」

「ハーレーですか」

「いわきの山にハーレー乗りが1万人来るんだ。原町（南相馬市）の人が作ってるハーレーの雑誌が中心になってやってるんだ」

蕎麦屋の脇の陸前浜街道を、バイクが連れ立って走っていく音がした。

「この音、集会に行くハーレーですかね」

「ちげえよ、あれは旧車會だ。音が違う。旧車會はあったかくなると、出てくるんだ。ハーレーはタタタン、タタタン、ってエンジン音だ。旧車會はブーンだからな」

「3月11日には旧車會も集会するんですね」

蕎麦を食べ終えると皆無言で、テレビを見入っていた。

画面には陸前高田の「奇跡の一本松」が映し出されていた。

「じゃあ、俺行くわ」

彼は立ち上がった。

お父さんは、

「おう、じゃあみんなによろしくな」

と言って立ち上がり、厨房に戻っていった。

※

震災丸1年目の午後2時46分を待たずに、彼も、お父さんも、自分の用事に戻っていった。

二人は時間を進めている。

私は一人で客席に座ったままでいた。

2011.12.28　楢葉町　井手川から海を臨む

2011.12.28　楢葉町　自宅の居間があった場所に座る

2011.12.28　浪江町請戸地区　浜辺に打ち上げられた波消しブロック。左奥に第一原発の排気筒が見える

2011.12.28　浪江町請戸地区　遠くに第一原発が見える

2011.12.28　双葉町　筋トレの道具を取りに帰った

2011.12.28　楢葉町　井手川河口の田園地帯

2011.11.29　楢葉町　熟した柿を食べるお父さん。線量は気にしない

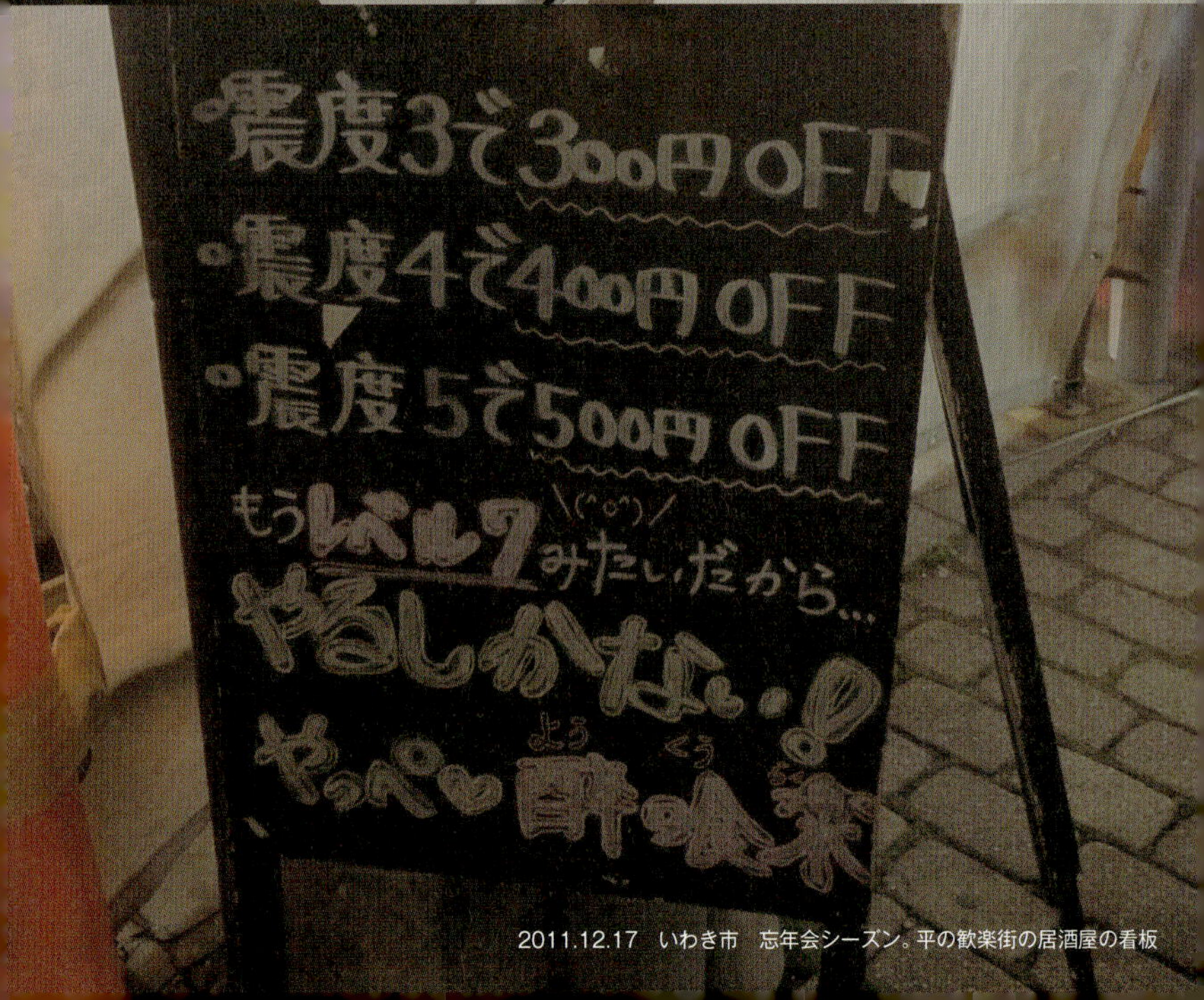
・震度3で300円OFF
・震度4で400円OFF
・震度5で500円OFF
もうレベル7みたいだから…
やるしかない・・!
やっぺし

2011.12.17　いわき市　忘年会シーズン。平の歓楽街の居酒屋の看板

2011.11.29　楢葉町　離れ牛の群れ。子牛もいる

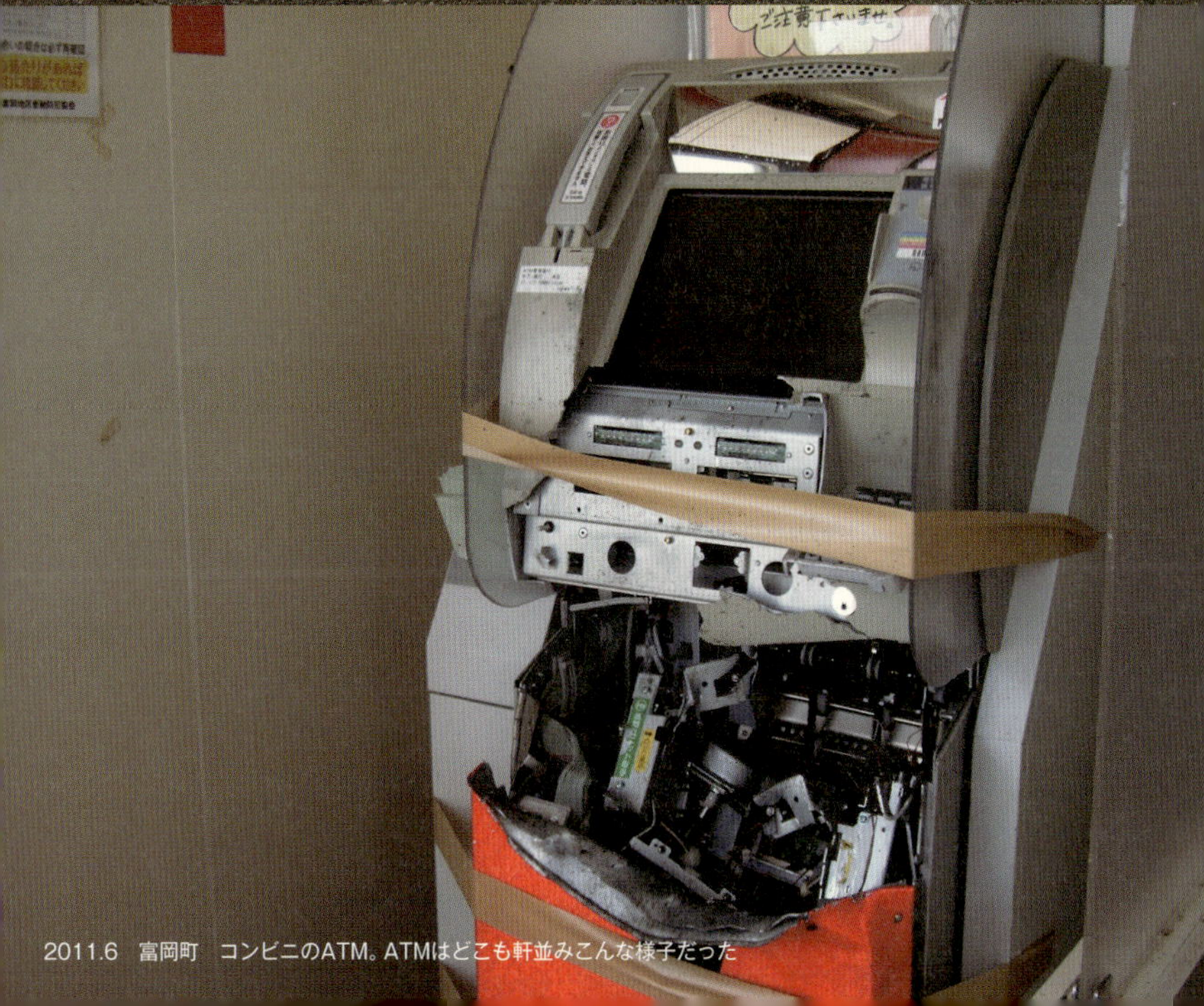

2011.6　富岡町　コンビニのATM。ATMはどこも軒並みこんな様子だった

2011.12.28　南相馬市小高区　2階部分だけが残った家

2011.7.1　南相馬市鹿島区　人形は救助されない

復興セレブ

岡さんの悪いところは、「人に聞いておいてお返事もお礼もなし」なことですよ。どれだけ私が傷ついたか、岡さんにはわからないでしょう。

心当たりがないなら、あなたはウソツキの偽善者ですよ。心当たりがあるなら、あなたは私を陥れたんですよ。

偽物のコミュに適当な溜飲さげていないで、自分の本物を探してください。ウソツキの同情なら要りませんよ。

ウソツキのコミュニケーションはやめてください。

仕事上のことだからと同情して質問しないでください。

同情してるフリしないでください。

Y君からのメールを最後まで読み終えた私は、iPhone 4をポケットにしまった。

私を乗せたスーパーひたちは水戸駅を過ぎ、満開を過ぎた桜が葉とまだらになっている様子が窓から見えた。

数日前、私は5ヶ月ぶりにY君に電話をした。

「メールの返答」をすっ飛ばして、いきなり頼み事をした。

「あのさあ、警戒区域の中で、除染が始まっているでしょう？　それを見たいんだけど」

警戒区域の中に入るには、「通行許可証」が必要で、双葉郡の人の協力を仰がなければならない。

「ああ、いっすよ。いつにしますか？」。受話器のY君の声は、淡々と鳴った。

※

私が、Facebookを通じて知り合ったY君に初めて会ったのは、2011年11月のある日だった。
その日は小雨がぱらついていた
いわき駅まで迎えに来てくれたY君は、少し鼻にかかった声で訛りのない言葉をやさしげに話す、童顔だが整った顔立ちの青年だった。

肩までの長い髪に白いヘッドホンをし、黒いスキニージーンズ姿だった。

地震が来る前は、大熊町にある自宅の敷地の一角に建てた小屋で小中学生向けの補習塾を主宰していた。まだ30歳になったばかりだ。

5キロ圏から少し出たところで生まれ育ったのに、1Fを間近で見たことがないという。この町の人たちは、一度は展望台から建屋を見たことがあるので、それはとても珍しいことだ。私はY君に興味を持った。

Y君が運転する車に乗せてもらって国道6号線を北上し、大熊町に向かった。いわき駅から1時間ほどの道のりだ。

6号線の路面は、雨で黒く濡れて汚れ、ところどころ大きく波打っていた。

路肩に繁るセイタカアワダチソウの連なりを断ち切るように、「離れ牛に注意」という黄色い大きな看板がぽつりぽつりと現れる。

国道6号線の沿道のほとんどの店は、ガラス窓が破られて盗難に入られた跡が見て取れた。すべての家には人の気配がなく、「留守の家」ではなく「死んだ家」に見えた。

Y君の家は、米と梨を作っている。

梨畑の梨は、新しい枝が伸び放題に伸びて、ピンポン球ほどの大きさの梨の実がなっていた。間引きをしないとこうなるのだという。

梨畑の外れにある母屋にY君は土足のまま上がり込んだ。

形だけでも靴を脱ごうとした私に、

「手が汚れますから、靴は脱がないでください」

とY君は言った。

室内は雨の音からも遮蔽されて何も鳴らなかった。

匂いもしない。

冷蔵庫からの腐臭は、この町の家の居間に共通する匂いだが、それもない。

ひまわりの種ほどの大きさのネズミの糞も、見当たらなかった。

8畳ほどの母屋の居間は埃っぽく、仏壇の扉は半端に開いたままで、位牌が倒れていた。

土足のまま、冷たいこたつに入れてもらった。

Y君はタバコを取り出した。

そして、溜め込んでいたものを吐き出すようにとめどなく話した。

「震災の2日前に、富岡のホットモットで唐揚げ弁当を買って、部屋で食べながら、『こんな町潰れろ』って思ってたんですけど、そしたら本当に地震が来たんですよ」

サージカルマスクを顎にずり下げて、Y君はタバコをくわえて火をつけた。車の中で飲んできた缶コーヒーの空き缶を灰皿にした。

「ここにいてもいろいろ嫌なことが多かったんだと思います。この町の利権やら何やら。ていうか、俺自身が腐ってましたしね」

Y君はフッと息を吐き出して笑った。

「腐ってたの?」

「はい。腐ってましたね」

Y君は子どもの頃の話をし始めた。

「小さい頃は、両親の夫婦喧嘩は『東電は1ヶ月60万! ボーナス数百万!』『なんでうちはこうなのよ! 最悪だわ!』とやっちゃってるのを聞いたりしてましたね」

「東電が夫婦喧嘩のネタになったりしていたの?」

「俺が小学生ぐらいの頃は、うちはあんまりお金がなかったと思うので」

鴨居には「Y家航空写真」と書かれた六つ切りの写真が、額縁に入れられて架かっている。

母屋が写真の隅の方に小さく写っていて、建物の比較からY家は広大な梨園と水田を所有していることがわかる。

「今は父がかなり頑張ってアパートも二つ持つことができたんですけど、俺が子どもの頃は父は梨と米をやりながらNHKの集金をやったり、いつも働いていました。自分も新聞配達を子どもの頃はしたりしていました」

Y君の家は少なくとも慶応2（1866）年からここで農業をやっているのだという。そして、家族や親戚に、東電やその関連会社で働いたことがある人はいないのだそうだ。

「うちみたいな農家でも、表立って原発反対と言える雰囲気じゃなかったですね。『そんなこと言ったらあいつは共産党だと墓の中まで言われるぞ』ってよく言われました。『でも、共産党は本当のことも言うけどな』って付け加えられるんですけど。

あとは、友達が東電の男に恋愛で勝ったとか、東電社員が来る合コンには女がたくさん集まるとか、そういう話で」

「東電社員ってモテるんだね」

「この辺じゃエリートですから。ガキの頃は、『公務員か東電がこの国では良いんだな。よし、東電はよくわからないから公務員になろう』って。だから高校まではテスト前だけまじめでした」

「高校からは？」

「バンドやったり、女でもめたり。家出したりもしました。……卒業アルバムには〝女注意〟って書かれたり、勉強どころじゃない感じでしたね。今は一人で孤独ですけど」

床の冷たさが体の芯に伝わってくる。

ブラウン管のテレビの脇の棚には、戦争もののＶＨＳビデオが数本、古びていた。

「戦争映画を昔よく見てたんですよ」

「シブい趣味だね」

「18歳の頃仕事を転々としてて、夜は毎日こういうのを見ながら、潰れるまで飲んでましたね。坂下ダムに車ごと飛び込んで死にたくて、ある夜気がついたら車でダムに向かっていたこともあります」

たまたま友達から電話があって我に返り、対物の事故を起こして湖に落ちず助かったのだという。

「ここにいても先が見えないっていうか。かと言って東京も怖かったり」

「東京にいたこともあるの？」

「はい、ホストをやってました、浅草とかで」

「浅草でホスト！　何歳のとき？」

「二十歳くらいのときすね」

「なんでまたホストを？」

「若いときしかできないことをしようと思って。でも合わなくてそこは脱走して、そのあと池袋に移ったけどそこも合わなくて、しばらく上野でホームレスやったりしてました」

「すぐ実家に戻らないで、上野でホームレスになったのはなんでなの？」

「プライドと……、あと、帰るお金が全然ありませんでした」

私は、派手なスーツのまま東京で路頭に迷った二十歳のY君を想像しようとした。

「ホストは、上下関係とかすごく厳しいんですけど、空気読まないで社長と張り合ってボコられたりして。池袋には、同郷の先輩がいたりもしたんですけどね。首にでっかく刀傷がある、師走さんっていう名前の先輩で」

「師走さん。すごい名前だね」

「師走さんにはナンパの指導を受けました。1日100人に声をかけろと言われました」

ホームレスになってからは、上野の路上で「カラーギャング」に襲撃されそうになったこともあるのだという。

「しばらく経つと、お金もなくなって今度はもうホームレス以外になれない感じでした。田原町の交番の警察官にお寿司をごちそうになってお金を恵んでもらって、浅草の店の後輩でダスキンのセールスマンだったホストに上野駅で偶然会って5000円と傘をもらって、そのあと田原町でナンパした女子高生にマックおごってもらったのが、ホームレス時代に得たすべてでした。最後は親に迎えに来てもらいました」

この町に帰ってきたY君は、宅建の資格を取った。

「すごいじゃん」

「一応一発合格でした。両親がアパートを建てたので」

Y君はふわふわした笑い顔になった。

「それで法律に興味を持って、通信制の大学に入って、司法試験もやってみたけどダメで。行政書士もあと1問でダメでしたね」

私たちは冷たいこたつから出て、離れの2階にあるY君の自室に移動した。

二間続きの自室の壁は一面すべてが本棚になっていて、倒れたままになっていた。

床には法律書や、司法試験予備校の参考書が散らばっていた。

「地震のときはここでオンラインの英語翻訳の勉強をしてました」

Y君の勉強机からは、自宅の広大な梨園が見える。

「今は、こうなって、どう思う?」

「うーん、自分はふるさとってなんだろうって考えることが増えましたね」

濃い茶色の木目プリントの壁には、青いレディオヘッドのステッカーが貼ってあった。

倒れた本棚の下や飛び出した本の中から、Y君は必要な法律書などをゆっくり選びとっていった。

※

私たちはY君の本を乗ってきた車に運び入れた。

「雨も強くなってきたし、帰りましょうか」

濡れた防護服のまま、シートに腰かけてもいいのか迷ったが、私は思い切って助手席に座った。

「ロッコクっていうのは、国道の別名だと思ってました。他の地方の国道も、ロッコクって略すのかなって。国道6号線の略なのに、他の国道を知らなかったすから。この辺はトムトムっていうショッピングセンターしかなかったんですよ」

トムトムの駐車場は、ひび割れたアスファルトから雑草が生え、乗り捨てられた車の下の地面からはコケが生えていた。

トムトムは30年近く前に富岡町にできた、この辺りでは初めてのショッピングセンターだった。平屋建てのさほど大きくもないトムトムにこの町の子どもたちは夢中になった。たこ焼き店とゲームコーナーとファンシーショップ。10年ほど前に、トムトムは全国チェーンのヨークベニマルに屋号を替えたが、今でもここを「トムトム」と呼んでいる人は多い。

「トムトムそこには愛がある～トムトムそこには夢がある～」

トムトム店内をいつも流れていたテーマソングを、Y君は歌ってくれた。

「回転寿司アトムって看板が今見えたよ」

「そこは10年前は流行りましたね」

「味は？　おいしかった？」

「他にお店がなかったですからね。アトムと、トムトムしかありませんでした。トムトムにマックが入ったときは画期的でした」

「マクドナルドあったんだ？」

「でもできたのが10年とか15年ぐらい前だからごく最近のことですね。1時間ぐらいかけていわき市か原町に行かないと本当に何もありませんでした」

ホットモットを通り過ぎる。

「ここがあのホットモット？」

「そうそう、そうです」

「潰れたねえ、町」

なぜか盛り上がった。

「いや、ほんとですよ。でも町だけじゃなく俺もですよ。米も梨もアパートも継げなくなったし、塾もなくなったし、避難で貯金もなくなったし」

※

東京に戻った私のもとに、いわきの仮設住宅に避難しているY君から、毎日長文のメールが届くようになった。

「私は、どなたかに伝えたくて仕方がなかったのです。聞いてくださりありがとうございます」

メールには必ずこんな言葉が添えられていた。

Y君の家の居間での独白の続きが、メールで追いかけてきたような気分だった。

両親のこと、自分の恋愛遍歴、大熊町での記憶。事故前のY君の洗いざらいが書かれていた。

メールの文字はすべて合わせると10万字を超えていた。

本1冊分の分量だ。刑務所から送られてくる長い長い手記を読んでいるようだった。

南北に町を串刺しにするようにロッコクが貫き、その沿道にはどこの町にもあるチェーン店がぽつぽつと立ち並ぶあの町で、唐揚げ弁当を食べていたY君の孤独感や先行きの見えない不安が、具体的な風景の中で立ち上がってきた。

Y君のメールに対して短い感想を返していたが、たたみかけるようにメールが届くたびに、私は疎ましい気持ちを覚えるようになった。

時には深夜に電話を鳴らされたり、会社宛に郵便が届くこともあった。

Y君はどんどん距離を詰めてきた。

「Y君ではなく、あだ名で呼んでください」

というメールが来たときに、そろそろ態度を決めなければならないと思った。

私はY君にとって何者なのだろう。

10万字のメールを送ってきたY君は、一切の質問を私にしなかった。

私がどんな人間か知ろうとする余裕もないほど、Y君は理解されることに飢えているようだった。

Y君は、私のことを知らない。だから、友達とも言えないと思った。

原発事故で住処を失ったY君は、今も心をさまよわせているのだろうと思った。

そして、思春期の頃、他人に対してそんな態度を取ったことが自分にもあったことを思い出した。

憧れていた書店員に、自分の身のまわりのことを綴った一方的な手紙を送り続けたのだ。

結果的に無残な形で私は書店員に拒絶された。

しばらくは思い出したくもないほど、自分の醜態が恥ずかしかった。

今は、思春期とは完治するがんのようなものだとその頃のことを思い返すことができるようになったが、Y君に出会ってそれが目の前に再びつきつけられて私はたじろいだ。

孤独になると再びあの病に罹るのか。

そう思ったとき、私は、今だって原発作業員の親方の彼に対して心を傾倒させていることに気がついた。私もY君と同じことをしているではないか。

だから、棘のある返信をしてY君を遠ざけることはしたくなかった。

そして私は返事をしなくなった。

数日して、「同情しているフリしないでください」というメールが到着した。


さっさと愛する人のもとに帰ってください。言葉と態度には気をつけてください。

あなたの言葉で人が傷ついています。私がその一人です。

もう僕には取材したくないでしょうね。

あなたは無視する御方ですからこのメールをも無視することでしょう。

でもいいですよ、イーブンです。

一丁前な女を相手に言い合いするほど私に能力はありません。

社会的弱者ですよ、私は。

「取材したくないでしょうね」と書かれていたメールに対する返事は、取材の協力をお願いすることなのだろうと、Y君に電話をしながら私は思った。

※

朝10時半過ぎにスーパーひたちでいわき駅に到着した私は、5ヶ月ぶりにY君に再会した。

Y君は少し太ったようだった。

「避難所暮らしをしてたせいで、食べ物を残さない癖がついてしまって」

そして、車に乗り込むときにY君は言った。

「なんか、すみませんでした」

警戒区域に入った私たちはまず、富岡町夜の森の桜を見に行った。

この日、桜が満開を迎えたと聞いていたからだ。

桜の森ハイツという緑色の壁のアパートの前で車を降りると、私たちは満開の桜並木の下にいた。樹齢100年近い大木の桜が消失点まで続いていた。

誰もいない夜の森のどの道を曲がっても、満開の桜のトンネルが続く。

夜の森公園の見事な桜の大木に誘われて敷地に入ると、広場の奥には、駅のホーム二つ分ほどの大きさの盛土がしてあり、その上に黒いシートが被されていた。

除染された瓦礫の仮置き場だった。

Y君の家の近所にある大熊町営野球場のグラウンドでは、作業員たちが除染作業で出た廃棄物を黒い1トンバッグに入れて並べていた。

風もなく、快晴の青空の下の野球場はのどかな雰囲気だ。

グラウンド脇に車を停めたY君は、防護服に全面マスク姿の作業員の一人を指さして、「あれ、父なんです」と言った。

車を降りてグラウンドに向かって歩いていくと、熊手を持ったお父さんが、全面マスクを外して近づいてきた。

挨拶をすると、「あんまりこの辺うろうろしないほうがいいよ、線量食うからね」とお父さんは言った。

原発の立地促進交付金で建てられた小学校や、図書館。見学施設の原子力センターやエネルギー館。開店前日に地震が来て、店内のほとんどすべての品物が盗難被害にあったケーズデンキや、回転寿司アトム。除染作業をしていそうな場所を狙って車で双葉郡の中を移動しながら、この町の紹介をしてくれるY君だったが、自分の話をとめどもなくするようなことはもうなくなっていた。

ホットモットを通りかかった。

「例のホットモットですよ」

Y君はふふふと笑った。

※

それからひと月後、Y君のお父さんに話を聞こうと、私はいわき市好間《よしま》にある大熊町の仮設住宅に向かった。

「僕この間、竜巻のボランティアに行ってきたんですよ」

と、いわき駅まで迎えに来てくれたY君は言った。

2012年5月6日に茨城県つくば市で発生した竜巻は、市内の全壊家屋190戸、死者1名という大きな被害を出した。

Y君は、背中に「大熊町Y」とマジックで書いて、竜巻の瓦礫撤去のボランティアに出かけた。

「新聞にも載りました」

つくば市には、双葉郡の人々の借上住宅がある。

仮住まいを見つけてようやく落ち着いた矢先に竜巻に遭った人もいた。

「作業中の取材攻勢がすごくて、ボランティアたちが辟易してしまったんですよね。僕は震災で取材に慣れてたから、じゃあ、俺がまとめて受けますよって言って」

Y君は、私と音信を絶っている間、Facebookで海外に福島の現状を発信したり、取材記者をコーディネイトしたり、通訳をしたりするようになっていた。

「地震がなければ、こんなことはできなかったですね」

「なんか、復興セレブって感じだね」

と私が思わず言うと、

「いいですね、それ。親は、お前は無職の避難民なんだから、もっと頑張れ、とよく言いますけどね。その肩書もらっていいですか」

とY君は言った。

※

仮設住宅のY君の家の玄関の壁には、３M社製の全面マスクがかけられていた。

6畳の居間のこたつに座っているお父さんは、薄いグリーンの作業着を着ていた。

造り付けの収納のない部屋の床には書類が散らかっていた。

「よく息子と中の様子を見に行ってくれているんだってね？　ひどかったでしょ……」

とお父さんは言った。

「町中、牛の糞から何からでね。一番ひどいのは双葉と浪江だよね。

1号機から4号機がある大熊が一番ひどいと思われているけども、風向きで言うとね。

事故前は、防災無線で避難訓練やってるのが、米とか梨やってると聞こえてきたんだけど

今となっては事故のシミュレーションなんてままごとみたいなことでね」

お父さんは気負った様子もなく、淡々と話した。

「事故の前はあの町で東電の悪口なんて言うとねぇ。大熊で共産党議員が、『この町は東電城下町だ』って発言したら町会議員はみんな怒ったことがあったんですよ。事実なんだけど、

東電に気を使ったわけだよな」

私は反射的にいつもしている質問をした。

「東電が来たから潤った部分っていうのもあるんじゃないですか?」

「うちの場合はないですね。仮置き場の野球場の裏の体育館、東電が出したカネで造ったんだけどね。テニスコートも。昔からいる大熊町民はほとんど使ってなかったんじゃないかな。うちもそうだけど、百姓のおっかあが、テニスなんかやらねえじゃないですか」

「お父さんは、なんで除染の仕事してるんですか?」

「除染の仕事をしてるのは……、やっぱり健康のため。避難する前は53キロだったのが、61キロまで太ってね。去年の暮れから除染の仕事始めたら55キロまで戻った」

町営グラウンドで、1日300マイクロシーベルトを平均で浴びながら働いているお父さんはそう言って、ペットボトル入りのお茶をおいしそうに飲んだ。

「日当は2万8000円。高いかって言ったら……普通ぐらいに思ってた。警戒区域外も除染やってるけど、あっちは1万円ぐらいで単価が安いって聞いているけど」

「事故前の双葉郡では、現場仕事って幾らぐらいもらえてたものなんですか?」

「相場で言えば7000円ってとこじゃないかな。原発は破格だったよ。勤務時間4時間ぐらいで1万円ぐらいもらえるから。だから原発に一度行くとやめられないんだよね」

「お金より健康のためですか」

「避難してると嫌んなっちゃうんですよね。やることがなくて。カネは今まで通りの収入をだいたい賠償受けてるわけだから、働くことねえって言われたらそうなんだけど」

Y君のお父さんは、避難後のお金の移動を記したノートを私たちに見せてくれた。

「途中までしか書いてないけど……除染の仕事やってると忙しくてつけてる暇がなくなっちゃってね」

振込の項
２０１１年
5月24日　１００万　東電相談室（仮払い）　単身世帯75万
8月19日　90万　東電相談室
8月25日　68万　アパートの保障　東電相談室
10月6日　３５３万５６８２円　東電損害賠償金　農業
12月28日　２４３万７２６７円（損害賠償金　不動産）←未解決

12月30日　353万3682円　東電損害賠償金　農業
2012年
2月27日　146万7250円　東電相談室　生活保障
5月10日　35万0000円　大熊町会計
8月5日　101万6000円　大熊町会計
11月8日　20万8000円　大熊町会計
12月13日　12万0000円　大熊町会計

お父さんはノートを見ながらぶつぶつと話した。

「この仮設の皆さん丸一年全く仕事がないって人がほとんどだね。向かいのばあちゃんも、袋張りでもいいからやりたいとか言ってる。最悪ですよ、やることないのは」

「避難民慣れしてないんですよ」

とY君は言った。

出してもらったペットボトル入りのお茶を飲みながら私は聞いた。

「震災前まで住んでたお家は広いですよね？」

お父さんの代わりにY君が答えた。

「部屋は……僕一人で4部屋使ってましたから。今は一人につき2畳ですね」

「狭いですね」

お父さんは言う。

「狭いよね。警戒区域っつうのは津波で流されたとか、地震で壊れた家も、保険会社の人は査定に来られないでしょう、だから申請通りとまでは行かなくてもかなりそれに近いだけの保険が入ってる人が多いのよ。それで家を買おうって人が多いよね。この辺りに配られる折り込み広告は、住宅のチラシがばっかりで」

「お父さんも家を買うんですか？」

「自分は帰るつもりだから買わないですね」

「帰れると思いますか？」

「やっぱりあそこに住みたいっていうか……でも今は野ざらしになっているし……、だいたい、大熊町の人で農地を耕そうと思っている人はもういないんじゃないかな。米を作って梨を作って売ってていうのは、無理でしょう。それはわかってるんだけど」

「国とか東電が、除染の仮置き場や事業用地のためにまとまった土地を買ったりしていますよね」

「新聞なんかは書き急ぎでいろいろ書いてるけど……基本的に売る気はない。先祖から引き継いでるものだから」

レースのカーテン越しに、大熊町の老人たちが、初夏の日差しの下をゆっくり行き交っているのが見えた。

※

２０１２年11月11日の双葉郡は、曇り空から時折雨が落ちてくる天気だった。

私は、清隆寺の軒下から骨壷を取り出した。

楢葉町の清隆寺は枝垂れ桜の大木がある寺だ。

その本堂の入り口はベニヤ板で封鎖され、軒下には骨壷がぽつんと放置されていた。

吹きっさらしの屋外に人骨が置き去りにされているのだ。

私は真新しい骨壷カバーを開けて中身を確認しようとしたが、思いとどまって骨壷を元に戻した。

傍らには、この町を初めて訪れた私の友達が立っていて、私の様子を見ていた。

私は車が運転できないから、彼女に運転を頼んだのだ。

誰かが骨壺を置き去ったのは、楢葉町の警戒区域指定が解除になった2012年8月10日のあとだろう。

この町の入り口には検問がなくなって、再び誰でも立ち入ることができるようになったが、宿泊禁止であり、夜の町は無人になる。

街灯が付いているのは幹線道路のロッコクの沿道だけだから、闇夜にまぎれての盗難が多発していると、町の人たちから聞いていた。

この町から何かを略奪する人もいるが、何かを置き去りにしたい人たちもいるのだろう。置き去りにされるものは放射能がついた瓦礫だけではないのだ。

友達を連れて天神岬に登った。

楢葉町の眺望が一度に見渡せる場所だ。

津波のあった場所の最初の変化は、電柱が建ったことだ。震災後1年目頃のことだった。

シムシティでも、街をつくるときに最初に電柱を建てるよなぁと、私は波で押し流された場所に真新しい電柱が立っているのを見たときに思った。

次に、除染の作業員たちが草刈りを始めた。

そして、除染作業の関係車両の給油のために、ガソリンスタンドが再開した。楢葉町では2軒のスタンドがそれぞれ2012年9月と10月にオープンしたので、天神岬を下りてそのうちの1軒にガソリンを入れに行った。

蔦が線路を覆い尽くしているJR常磐線竜田駅そばのスタンドで給油をしてくれたおばさんは、頭を五分刈りにしていた。

本当の自宅は、スタンドの裏手にあるのだが、いわき市の仮設から1時間以上かけて、ガソリンスタンドに通っているのだという。

「今日は午後は晴れるんですかね？」と聞くと、

「わからない。天気予報を見る余裕もなくて。もう疲れちゃって」と五分刈りのおばさんは言った。

楢葉町を出て、警戒区域の検問を通過し、富岡町に入る。

白い防護服を着て庭木を刈っている初老の女性がいて、この日が6巡目の一時帰宅の日だったことを思い出した。

以前なら、荒れた家を少しでも直そうとする人の姿がもう少し多く見られたが、それもめっきり減った。町が破壊されるスピードが、増していっている気がする。

昼過ぎに、大熊町の主のいないY君の部屋に、私たちはいた。

「Y君はどんな子だったの?」

双葉郡に初めて訪れた私の友達は、私にそう聞いた。

「ニートをこじらせたみたいな子だったみたい、震災の前までは」

10万字のメールを要約しようとしてとっさに出てきた言葉がこれだった。

壁に貼られたレディオヘッドのステッカーを友達は見ていた。

私はY君に頼まれた資料を、部屋の中から探し出して、紙袋に詰めた。

Y君のお父さんの名前が刻まれた玄関の敷石を踏んで、母屋を出る。

敷地に生えた雑草がきれいに除草されていた。

除染の仕事の帰りに、お父さんが家の手入れをしているのだろう。

荒れている町の中で、Y君の家は時間に抵抗していた。

梨は、鋭い枝を空に向けていた。鉛色をした雲に這うようにして伸びている枝は影絵のように見えた。

助手席のシートを倒して、私はY君から来たメールを読み返した。

自衛隊のカーゴで避難するときに集まった公民館では、よく盆踊りがありました。福島音頭を超ゆっくりにしたような曲で、２時間同じメロディーで、仮装したり、浴衣着たりして踊るやつです。

友達や友達の親が練習した太鼓や笛でした。当時は当たり前と思っていましたが、今それを聞くと泣きます。

私はふるさとって何だろうと漠然と私の家から見える山々を眺め見ていました。

祖母が風邪のあと老衰で静かに亡くなったことを思い出しました。祖母が嫌いだった私は、おばあちゃん、ありがとうね、俺が居るのはおばあちゃんのおかげだよ、と言ったら、動けない喋れない、脳はほとんど動いてないはずなのに、目から一粒だけ涙が出てきました。そのあと間もなく亡くなりました。

それで、私があまり好かない祖母の遺留品の中でもゴミと思って捨てようとしていたチラシの裏に、詩を見つけました。なんと、その山のことがチラシの端切れに2行ほどで書いてあったんです。

そのとき、はっとしました。ふるさととはこう言うものかと。長年見続けて育った地や景色、空気、それは何にも替えられない、自分をやさしく厳かに覆う一種の「空間」だということに改めて気づかされたのでした。ぞっとするような、安心するようなものでした。今30歳ですからまだ先に何かあるかもしれません。何かを探し続けたいと思います。

6号線を南下する。時速60キロのスピードで私は友達にこの町の紹介をした。

ホットモットは、初めてこの町に来た友達にも、町の一つの名所として紹介した。

「2日後に、ほんとに地震が来たんだって」

彼女は少し笑った。

「震災のあと、彼は復興セレブになって、ボランティアで知り合った彼女とあっという間に婚約して、それで会津に引っ越していったの。もうこの町にもあんまり来ないみたい」

私は、Y君から自宅の鍵を預かり、この町にまだ通い続けている。

原子力サファリパークで

楢葉町に入り、Jヴィレッジ前の検問を通過する。

2012年5月の空はすでに夏の色をしていて、積乱雲の赤ちゃんのような雲がぽつぽつと浮かんでいた。2度目の田植えの時期は過ぎた。耕作が放棄された警戒区域内の水田は、少しずつ原野に戻りつつある。

電話が鳴った。Jヴィレッジから600メートルほど離れたところに住む伊藤巨子《なおこ》さんだった。

「今日はうちに来るのかい?」

巨子さんの家に向かうと、旦那さんの晋さんと二人でお弁当を持って、家の前の通りに立って待っていてくれた。

「せっかく天気がいいんだから、うちに上がってる時間がもったいない。すぐに行きなさい。中をたくさん見てきてね。これ、途中で食べながら行って」

お弁当箱の中身はわかっている。うにめしだ。私が行くとき、必ず作って待っていてくれるのだ。

「今日は、おばあちゃんは？」

「元気元気」

「なんか、家の中からおばあちゃんの声が聞こえる気がする」

「今日は起きている日だからね」

※

２０１１年４月23日。警戒区域が設定された翌日に、お父さんに連れられて初めて巨子さんに会った。

彼女は3月11日から一度も避難をせず、警戒区域の中にある自宅に住み続けている。はじめは、取材記者だという私に彼女は心を開こうとしなかった。玄関先で言葉少なに私の質問に答えてから、彼女はこう言った。

「喜一さんの紹介なのに悪いけど、今はあまり取材を受けたくないんです。できればそっとしておいてください。私たちは理由があってここに残っています。大きく報じられて騒ぎになって、ここにいられなくなったら困るんです」

返す言葉もなく、お父さんと一緒に車に戻った。

「ナオちゃんは、やさしい女性だけど、意志が強いところがあるんだよ」

「でも、こっちが迷惑をかけたので、申し訳ないです」

と言うと、お父さんは、

「しかたねえよ。俺も、地震が来るまでナオちゃんに10年以上絶交されていたぐらいだから。決めたら動かないのよ、ナオちゃんは」

と言った。

巨子さんは、お父さんの一つ年下の昭和23（1948）年生まれで、同じ小学校に通っていた。その頃から顔見知りではあったのだという。

「ナオちゃんちと、俺んちじゃ家柄が違い過ぎるのよ、向こうは村長さんの家系で、ナオちゃんのお母さんてハ、双葉郡で最初の女性議員になった人だから」

楢葉町の前身である木戸村の名家の令嬢巨子さんと、お父さんが口を利くようになったのは、成人してお父さんの親戚の選挙を手伝うようになってからなのだそうだ。

「あの頃の選挙は半端なかったど。地盤の地域をバリケード封鎖してな、夜は松明焚いて番してな。買収もあったしよ、すごかったのよ」

「利権があったんですか?」

「貧乏な村だったから利権なんかねえけどよ」

「なんで巨子さんに絶交されちゃったんですか?」

「ナオちゃんが面倒を見てた楢葉の人が不義理をして、俺がその間に入って仲裁しようとしたんだけど、逆にナオちゃんに怒られてしまって、それから口も利いてもらえなくなった」

帰りに、警戒区域となった20キロ圏内をまわり、写真を撮った。楢葉町の20キロ圏内の捜索は、前日から始まったばかりだった。瓦礫でふさがった第二原発のお膝元、波倉地区。線路が波打っている竜田駅。

自分と関わりのない町。私の写真の中の町には、町への思いも、自分がそこにいる意味もまだ写されていなかった。

※

巨子さんと夫の晋さんが家に残っている理由は、彼女の母親で93歳の寝たきりの寿子おばあちゃんの介護のためだった。

震災直後は意識が混濁した状態だったおばあちゃんは、秋頃から、少しずつ元気を取り戻していき、言葉を発するようになった。

それと時を同じくして、徐々に心を開いてくれた巨子さんが私を自宅に上げてくれるようになった。

自宅の電気は通じるが、水道はつながっておらず、週に数回、近くの消防団の屯所まで夫の晋さんが水を汲みに行く。

おばあちゃんの好物のマグロの赤身の買い出しはいわき市まで、片道1時間ほどの道のりだ。そんな環境に加え、寿子おばあちゃんは2日眠り、2日目を覚ますサイクルで生活している。介護生活は12年目になった。

「寝たきりになる前の母と、私は約束をしたんです。自宅の畳の上で死なせてほしいと言われ、私は、わかったと。だからそれを守りたかった」

と、巨子さんはあるとき私に教えてくれた。

避難先で亡くなるお年寄りはたくさんいる。移動と慣れない環境のストレスのためだ。

「彼女たちだけ、不公平だ」という町民からの声があることも巨子さんは知っている。だが、ここに残ると決めただけの「賭け」を、他の町民はしただろうか？　事故直後からひと月ほどの間、線量計を持っている人はほとんどいなかった。警戒区域の指定がなされた2011年4月22日頃といえば、放射能の知識もまだあやふやで、日本中が手さぐりの状態で原発事故を把握しようとしていた頃だ。震災後1ヶ月以上、遺体の捜索すらしてもらえない見捨てられた楢葉町で、刺すような口調で私に話をしてくれた彼女のことを、私は覚えている。「死ぬかもしれないけど残る」と彼女たちは決めたのだ。

巨子さんの自宅に上げてもらい、ベッドで眠るおばあちゃんに挨拶ができたとき、私は双葉郡の敷居がようやくまたげるようになったのかもしれない、と思った。

※

2012年に入ってから、私は巨子さんの家に泊めてもらうようになった。

私はおばあちゃんの寝床の隣に横になった。

おばあちゃんが天井を見つめながら右手で調子を取って「ウー、ウー」と唸っている。よく耳を澄ますと軍歌のような節をとっている。

「おばあちゃん、隣借りますよ。おやすみなさい」

と言うと、おばあちゃんは顔をこちらに向け、私の顔をじっと見つめて言った。

「まあ、ゆっくりしていらっしゃい」

その声色からは、双葉郡初の女性議員としての威厳を感じた。

私は布団の中で、巨子さんから借りた日記を読み始めた。

２０１１年
３／９（水）11時45分　地震あり　宮城県沖　マグニチュード７・３
３／10（木）６時20分　地震あり　宮城県沖　マグニチュード６・６
３／11（金）14時46分　地震あり　宮城県沖　マグニチュード９・０
※晋さんには、３／12に町の放送で自主避難の勧告があったときに「逃げてもいいですよ」、「私と母は残りますので」と話した。「晋さん自身で選んでください」と。そしたら「自分も残ります」と意思表示があったので３人で残ることにしました。

3／12（土）午後3時36分　1号機で水素爆発

3／14（月）午前11時1分　3号機で爆発

お天気も良かったので　母寿子を母屋から別棟で生活している晋さんのところへ移した。かなり興奮してました。体や脚があちこち痛んだようです。運ぶときに晋さんと2人で頭と足を持ち上げての状態だったので、痛みが出たのだと思う。

3／15（火）午前6時頃　2号機で衝撃音　4号機で爆発

顔が赤らんでいたので熱を測ってみたら、38℃の熱だったので急いで頭と脇の下にアイスノンを当てて、薬を飲ませて熱を下げました（風邪薬を3錠飲ませました）。

3／16（水）熱も下がり、少し食欲も出てきたので、水島建設の奥さんよりいただいた水ようかんを冷凍にしておいたので食べさせてみました。「おいしい」と言って食べました（熱もあったせいでしょう）。3／15の日に西の井戸水をバケツで汲み上げて、じゃがいもを洗ってその井戸水でいもを蒸かして食べていました。（上水がストップしてしまったので）水汲みは晋さんがした。トイレも町の下水道に接続していなかったので、浄化槽でラッキー！　トイレにも井戸水を使って流しています。

3／17（木）母寿子は、時折大きい声を出し、気が高ぶっていました。少しずつ、いろいろなものを晋さんに手伝ってもらい運び移しました。

3／18（金）朝方3時40分　マグニチュード5・5

荷物を取りに行っているときに、「ドイツに住むお姉さんより、避難要請がかかりましたので、お迎えにあがりました」と。「それはお断りします」と。「この状態で、母を移動したら母は死んでしまいますので、それはできません」と。状況を理解してもらい、帰ってもらいました。そのときに「必要な物はないですか」と聞かれたので要請しました。①飲料水 ②おむつ ③母用おかゆ

3／19（土）朝9時30分頃、救援隊の方が支援物資を届けてくれました。第1回目の支援物資です。

物資の内容 ①水6箱（8本入り2リットル）②ごはん4箱（パック詰状20パック入り）③母用おむつ3包 ④ドーナツ1箱 ⑤かまぼこ（板かま小）130ケ ⑥みかん40ケくらい ⑦カップメン2ダース

※かまぼこは、食べきれないので冷凍にしておいて小出しにして食べることにしました。

今日の支援物資をもらうまでは、クネッケブロートと、じゃがいもを蒸して命をつないでいました。買い置きしたものとか、冷凍にしておいたものとかいろいろ食品は、ありましたので。ドイツよりの避難要請があったために物資が届きましたので、姉の要請行為には感謝してます。ありがとうございました。

3／20（日）朝10時30分　マグニチュード5・7

第2回目の水汲みをする（晋さんがポリ容器4つに汲んできて、風呂桶にため置きしてその都度トイレに使用してます）。

3／21（月）朝5時05分～　マグニチュード5・0

小刻みに6回あり　マグニチュード同等ぐらいのもの。

母寿子も少しずつ落ち着きだす。原子力発電所の状況をラジオより聞き取り情報を得ている。ラジオは一日中つけっぱなしにしている。

3／22（火）朝10時過ぎに出入り禁止にしていた町会議員の松本喜一氏がひょっこり「様子を見に来ました」と訪ねてくる。私たちがここに残っていることを救援隊より知り、来たように思う。3／16日頃に母屋を覗いたが留守だったので帰る、あとでこちらにいると判明し訪ねくる。

3／23（水）朝7時12分　マグニチュード6・0

3／24（木）使用していたプロパンガスのボンベが空になる。以降は電熱器を使用するようになる。

3／25（金）第3回目の水汲みを晋さんする。

3／26（土）今日も寒い。室内温度2度。地震以降朝晩はとても寒い。夜半に仙台ではぼたん雪が降った。楢葉町は最終決定として会津美里町へ避難移転。

3／28（月）朝7時24分　震度4　福島県双葉町

午前9時30分頃、救護本部が来る。「ドイツのお姉さんより、なんとか避難させてほしい」と要請がありました。「なんとか避難できませんか」と。「ヘリコプターでの移動も考えているのですが」と。断りました。

このときにまた、2度目の支援物資を置いていく。①水2箱（8本入り2リットル）②ごはん2箱　③カップメン2箱　要望としてウエットティッシュを依頼する（母用のおしりふき）。

午後14時00分頃、双葉警察署で状況を調査に来ました。「避難はしないのか」と。母屋の方にも立ち寄ってきましたと言っていた。

※南作地区のあちらこちらと道路が陥没するという状況です。上水下水がストップしてます。下水管の蓋の部分が盛り上がったりとか。

3／29（火）19時55分　マグニチュード6・4
朝9時頃、救護班が来る。依頼した物資を届けてくれる。①ウエットティッシュ2包（3ケ入り）②おむつ4包③ティッシュ2包（5箱入り）

3／30（水）第4回目の井戸の水汲みをする（晋さん）。

10時30分頃、松本喜一氏より差し入れあり。栄養剤1箱、みかん15ケ、ポテトチップス2包（小）

3／31（木）16時45分　マグニチュード6・0
今日は、根本畜産牧場に風呂があるので入ったらどうだと言うので連れて行ってもらったが、鍵がなくて入れなかった。松本喜一さんが迎えに来たのだが、残念！　喜一さんらしい。おっちょこちょい！
※6号国道もあちこちひび割れ、段差、陥没等のひどい状況。

4／1（金）朝9時00分に今日は風呂に入れるからと迎えに来る。シャワーを浴びて洗濯をして、帰ってくるが、3週間ぶりの垢落としは、こすってもこすっても垢がこすれました。このときに、いわき市等の状況を聞き、自己責任において、外へ出れることを知り、喜一さんより出入り時の許可証を借りて「楢葉町緊急対策本部」検問を通過。昼過ぎにいわき市へ買い物に出かける。母用の刺身、おむつの小さいもの等を買う。「お母さん、今夜は久しぶりにお刺身でごはんですよ」と声をかけたら、母「わあ嬉しい」と。「うまい」と言って食べました。通常の生活に戻してあげたいと思う。

4/2（土）10時00分過ぎに喜一さんが、町会議員3人を連れて、様子見舞いというべきか、来る。

4/5（火）今日も寒い。東北地方はかなりの地域で氷点下です。
午後13時00分頃、双葉警察署より避難勧告を兼ねて、現況調査に来る。食べ物等の状況も聞き取りに来る。「避難はしない」と話す（警察署では2度目の訪問です）。

4/8（金）9時30分過ぎ、救援隊の方が依頼した品物を届けてくれる。①ごはん2箱

②水1箱　③カップ麺4箱　今日は自衛隊3人も一緒に来て「避難をすすめに来た」と。断りました。11時00頃分、また、別な人たち2人で近況を調査に来たとのこと。「避難する意思は？」と。「ありません」と伝える。

4／9（土）15時00分過ぎ、喜一さん様子を見に来る。根本牧場の風呂は使用不可能になったと伝えに来る。理由は灯油缶の管にゴミが詰まってしまったのだそうです。寿子おばあさんがどうしても医者の助けが必要な場合には高野病院の院長に伝えてあるからとの伝言もありましたが、「病院に連れて行くつもりはない」と話す。万一、死亡したときに、診断書（死亡）を書いてもらえれば良いと話す。

4／11（月）今日は地震より1ヶ月！
9時過ぎに6号国道を走って四倉まで行ってきました（今までは高速道路を走りました　広野―四倉間）。夕方17時16分、余震あり。かなり大きい。

3／14、3／15、3／16あたりに避難した要介護の老人たちがバスの中で死亡したり、行き先で死亡したりという状況が続いて報道されました。地震・津波の災害ののち、原発の事故が続き、避難の必要ありと町の防災無線で放送があった。それは不可能と判断しました。避難先はいわき市内の中学校、小学校の体育館ということでしたから。体育館の寿司詰めの状況も想像できましたし、寒さも加わり、どのような避難生活を強いられるのかわかってましたので「避難はしない」とすべての人たちに答えました。

原発の状況に関してはいろいろと情報は放送されていると思いますので、一日も早い収束を願うばかりです。

4／8の自衛隊の方にも話したことは、原発の現場で働いている（作業員）方々のことも考えてくださいと。この狭い日本を避難する場所を移り住んで逃げ切れますか。精神的に追い込まれませんか。追い込まれた精神をどのように背負って生きていけというのですか。よく考えてください。

母の意思は、この場所を離れるという意思はなく、ただ要介護の人だから、自分たちが運びますのひと言で済ませるのかと。死亡した場合にどのような言葉で片付けるのか等々の話をし、もし母が亡くなるとしても、家の畳の上で死なせてやりたいと。これだけの話をしたら、自衛隊の人も何も言わずに帰りましたし、救援隊の人（最初から私たちに接触していた人）も「ここの人は、動かすことができないのです」と付け加えて説明してくれました。

原発の事故に関しては、この土地に誘致したときから万一の事故というのは想定していなければならないことだったと思います。

原発に関係した人たちは、潤った人たちが大部分と思われます。なのにこのような事故により、東電をまるで悪者扱いで批判するばかりでは前進できないと思います。

私は、東電より恩恵を受けた部分はないし、東電を擁護するつもりはありませんが、これからのことを考えるときに、ここにいて自分自身で体験できるこの瞬間を生き抜き、今後の原発との共存共栄のあるべき姿はどのようにすべきか、この事故を土台に前進すべきと考えます。

私たちのように避難しない行為をわがままと解釈する人たちがいるやも知れませんが、それも一つの意見と考えています。

どうぞわかってください。母寿子はこの窮地を生き抜いていってくれると思っています。我々大人は、放射能を浴びてもすぐに死ぬわけでもないし、屋内退避の状態ですし、風向きをラジオ放送より聞いて外出しています。

※東電側との交渉事として原発のある地域には必ず核シェルターを造るという案、これは弟が以前より町会議員たちに提唱していた案でした。日常時は有酸素運動が可能な状態、万一のときは避難場所として使用可能（せめて、これから生きる子どもたちだけでも守るということを基本とする）。

4／13（水）消防署で3人来る。計測器を持っていたので測ったら、外で0・5～1マイクロシーベルト、玄関で0・5～0・8マイクロシーベルトでした。

4／21（木）松本喜一さんと話をし、今後の「警戒区域」への状況を、我々はどのようになるのか、話をする。「今、県の方に申し入れをしているから、待て」と。

4／23（金）朝8時に目白台の政子さんへ電話し、フジテレビでどのような放送をするのか、テレビを見てもらいました。放送しないでくれと頼んだので、それが守られているのかどうか確認したかった（テレビで電話インタビューに応じてくれとの要請を断った）。

15時00分頃、松本喜一さん来る。記者とともに（岡映里さん）。車検証と委任状を取りに来る。町の出入りの許可証の発行を願い出ているため（県に要請していたら、町で処理するようにとのこと）。

4／24（日）喜一さんより電話あり、健康保険証も発行したのでもらってきたからというのと、許可証が発行されていれば南小学校の方へ送られてくるので、そのときに渡せると思う、と。

4／26（火）喜一さんへ電話したら、「町長がばかなことを言ってるんだわ、国と県に問い合わせてお伺いを立てているところだと。町長の権限で許可証を出せばいいのに」と。「ほでなことやってんならば、死んじまうぞ。リコールでもなんでもやっと」「本気だからな」と怒鳴ったと。

4／27（水）喜一さんより電話あり。「通行許可証が出たようだ」と。明日会津美里町の役場まで行ってくるからと。

4／28（木）昼過ぎに喜一さんより電話あり「出入り許可証を発行してもらったから、と連絡あり。夕方、こちらに来て渡すとのこと。

巨子さんの日記には、時間をつくって楢葉に頻繁に様子を見に訪れるお父さんのことが記されていた。

明くる朝、うにめしの炊ける匂いで目を覚まし、持参のウエットティッシュで顔を拭いてから、巨子さんに朝の挨拶をした。

「日記、すごく細かくつけていて驚きました。お父さんとは、震災まで絶縁していたんですよね？」

「そうなのよ、でも今はお父さんのこと、〝楢葉町の杉原千畝《ちうね》〟だと思っているのよ」

「杉原千畝ですか」

「うん。喜一さんがいなければ、通行許可証も取れなかったし、ここに住み続けることはできなかったからね。杉原千畝も、ナチスに追われたユダヤ人のためにビザを書き続けた人だから。喜一さんとも仲直りしたんだけど、私は夫とも10年、母屋と離れで別居していたのよ。震災がきっかけでまた一緒に暮らすようになったんです。

だから、震災が来て悪いことばかりじゃなかったのよ。それに、まわりに人がいなくなって、煩わしい近所付き合いもしなくて済むし、ストレスもなくなったの。放射能は少しあるけどもね。今は〝パラダイス〟だと思うようにしているの」

※

巨子さんと初めて会って1年が経とうとしている2012年のある日の昼過ぎも、私は彼女の家にお邪魔していた。

「うにめし炊こうか」

巨子さんは台所に立った。

彼女の家は、電気は通じているが、相変わらず断水が続いていた。

日記によれば、消防団の屯所への水汲みの回数は、120回を超えていた。煮炊きには、いわき平まで車で買い出しに行って補充するペットボトルの水を使っている。うにめしを炊くにも、当然遠出して入手した水を使う。ここではまだまだ、水は貴重なはずだ。

私は人に何かをもらったり、おごってもらったりすることがとても苦手だ。彼女は、私の屈託を読み切っていて、私が躊躇したり断ったりする前に、どんどん先に行ってしまう。幸運なことに、私はうにめしの味がとても好みだった。好物なのだから、作ってもらうことを喜べばいいのだ。毎回自分に言い聞かせているうちに、本当に嬉しいです、ありがとうございます、という言葉を言えるようになった。

作り方を教えてもらおうと私もついて行った。

「冷凍のうにを、お鍋に移して、お醤油をこのぐらいね。だーっと」

「はい」

「みりんも、たらーっと入れて」

「はい」

「それで、煮るの」

私は思わず吹き出してしまった。

「だーっ、とかだけだと、難しいですよ。やっぱり自分で作るのは無理かも」

「うん。だいたいでいいのよ。慣れるわよ、大丈夫」

テーブルに戻って、お喋りをしていると、醤油と磯の香りが混ざったいい匂いがしてきた。

彼女の日記に、この日のことはこう書いてあった。

「岡さんが家に到着。母に会い、その間うにめしを炊く（その準備の一部を披露するが、調味料は目分量！）。弁当にもして持っていってもらう。岡さん、東京へ帰る列車の中でアルコールを飲み過ぎなければいいが……」

※

福島に通うにつれて、東京に私の居場所はなくなっていったように感じた。

「脱原発」「原発再稼働」という、原発のありかたを議論する場でしかない東京にいることに、私は疎外感を感じるようになっていった。

私は「原発」の是非を問うためではなく、そこで生きている、生きていた「人」に会いに福島に行っていたから。

生まれた場所、遊んだ公園、通った学校や職場、最初にデートした場所、墓、先祖の記録、それらを奪われた人たちが、それでもどうやって生きていられるのか、何を拠り所にしているから死なないでいられるのかを聞きたかった。

いろんな人がいた。４００年近く続いた酒蔵を追われた兄妹。中国残留孤児として帰国して、再びこちらでも故郷を失った人。仮設住宅を「遺体安置所みたいだ」と自嘲して、車を出して警戒区域内の自宅まで連れて行ってくれる人も、作業のない休日に車を出してくれた作業員の人もいた。

そして、巨子さん夫婦。私が訪れるたびに「うにめし」を炊いて待っていてくれる。彼らの車の助手席に乗って、双葉郡の中を走る。

彼らの用事に付き合っているうちに、まだ生きていた頃の町の余韻を感じることができたような気がした。

※

一方で、福島の人たちと親しくなり、方言を覚えていくにつれて、私は福島にいるのも苦しくなっていた。「どれだけ深く関わっても、所詮私はよそ者でしかない」という感覚にたびたび襲われるようになったからだ。

うにめしを食べた私は、東京に帰るため、迎えに来てくれたお父さんの車に乗り込んだ。

20キロ圏内をパトロールしてから帰ろう、ということになり、私たちは一気に浪江町まで北上した。

「牛はいるわ、ダチョウはいるわ、イノシシだらけだわ、サファリパークだな、まるでここは。原子力サファリパークだ」

「ははは。東京の人にも一度見てもらいたいよね」

「おめだち、原子力サファリパークにいいがら来い、って言ってやりてえな」

「いいがら来い、ね。いいキャッチコピーだね。でもお父さん、そういうこと言ったらいけないんだよ、政治家は。不謹慎だって言われるよ」

私は終わりのない「福島」に取り込まれていくことを苦しく感じるようになった。いつ、どのタイミングで関わり合いをやめ、取材を切り上げたらいいのか、わからなくなってしまった。何か終わりにするきっかけが欲しい。

「おばあちゃんはいつ死ぬの」

と思わず言葉にしてしまった自分に驚いた。

「いつだろうなあ」

お父さんは事もなげに答えた。

※

おばあちゃんは、2013年4月6日に永眠した。享年94だった。

巨子さんからその報せを受けたとき、私は後ろめたい気持ちになった。

最期は大きな息をすー、すー、と何度かして、すっと静かに逝ったそうだ。

家族だけで密葬を済ませたが、お墓は震災の影響で壊れているため、おばあちゃんの骨は知り合いのお寺に預かってもらっている。

巨子さんの家に通う頻度が激減した私は、おばあちゃんの位牌をまだ拝んでいない。

2012.5.12　富岡町　中学校の校庭は除染廃棄物の仮置き場になっていた

2012.5.18　浪江町請戸地区　線量も低く、携帯の電波も通じる

2012.3.28　富岡町　富岡駅からほどない場所にある新興住宅街

2012.5.18　浪江町　浪江駅前。無人の町だが電気は通じている

2012.5.19　富岡町　富岡駅前。写真を撮った地点まで瓦礫で塞がっていた

2012.5.20　南相馬市小高区　背後は2キロ以上津波の跡地が広がる

2012.5.19　富岡町　津波で壊滅状態になった駅ホームから撮影

2012.7.14　楢葉町　草に埋もれる墓地

2012.7.14　大熊町　ビロードモウズイカという外来植物が枯れていた

2012.7.29　双葉町　原発から3キロ地点にある小学校の教室

2012.7.30　双葉町　落ちた橋の上に這う蔦

2012.11.30　大熊町　Y君の自宅で

2012.5.13　いわき市　好間のY君の仮設住宅

2012.3.1　楢葉町　見送ってくれる伊藤巨子さん

2012.5.19　楢葉町　伊藤巨子さんと晋さん夫妻

2012.5.19　富岡町　小良ケ浜灯台の近く。死んだ牛

2013.10.18　浪江町　駅前のお蕎麦屋さん

2012.9.8　猪苗代町　猪苗代湖で遊ぶ親方と仲間

2012.3.1　楢葉町　高原寿子さん

2012.5.18　大熊町　役場裏の「避難所」

2012.7.14　双葉町　数メートルの断層が現れた

2011.6　双葉町　事務所ガレージの線量を測った

2012.11.11　楢葉町　清隆寺。放置された骨壷

2012.5.13　いわき市　Y君の父親。仮設住宅の居間で

2012.12.4　いわき市　選挙戦の真っ最中のお父さん

2012.7.14　双葉町　歩道橋が壊れている

2012.6.23　大熊町　海べりまで出てできるだけ第一原発に近づいた

2012.5.18　大熊町　夜の第一原発

3年で消える町

2012年11月30日、お昼の赤坂は快晴だった。

TBSテレビの1階の屋外スペースでは特設スケートリンクの設営が行われていた。

この日は、朝から楢葉町のお父さんからの電話が鳴り続けていた。

電話を切ったあと、今度はこちらからいろんなところに電話をしなければならなかった。

「電話がない世界に行きたい」

ひとりごとを言って呼吸を整えてから、楢葉町の伊藤巨子さんに電話をかけた。

「オカです、いつもすみません自分の用事のときばかり電話して」

「オカさんなの？　あらまあ。元気そうね。なんもなんも、連絡がないときはうまくやってるときだと思っているからね」

「はい、すみません。それで、あのー、お父さんが今度の衆議院選挙に出るって言いだしたのは知っていますか？」

「ええ、聞きました。2日ほど前に」

「それでちょっと困ってしまって。はじめは息子の彼も乗り気で選挙資金もスタッフも出すって言ってくれていたんですが……」

※

お父さんは、2012年11月22日に東京にやって来ていた。

「中国雑技団」の公演を観るためだった。

一緒に見ないかと電話で誘われたが、前回付き合ったときに6時間もショーが続いたことに閉口した私は、別の用事を理由に断った。

電話の切り際に私は冗談めかして言った。

「雑技団もいいけど、お父さん、今度の選挙に出なくていいの？」

11月16日に野田佳彦総理大臣が衆議院の解散を宣言したばかりだった。

「選挙のニュース見てても、原発事故が全然争点になってないし。それに、国会議員は全然20キロ圏内に来ないって、お父さんいつも言ってたじゃない。今晩、〝脱原発党〟の立ち上げの記者会見があるから、見てきたらいいんじゃないの？」

「減税日本・反ＴＰＰ・脱原発を実現する党」の結党記者会見は、キャピトル東急ホテルで午後７時から行われた。

共同代表は河村たかし名古屋市長、山田正彦元農水相。

幹事長は亀井静香元金融相。

野田総理が解散を宣言してからほんの数日で結党準備をした寄せ集めだった。それでも一応、脱原発を公約に掲げる数少ない政党だ。

雑技団の公演が早めに終わり、会見場にお父さんが到着したとき、記者が亀井静香にこんな質問をしていた。

「脱原発の政策を打ち出すために、選挙でどんなことを訴えていきますか」

亀井静香はこう答えた。

「第一原発のお膝元、双葉郡のある福島５区からも公認候補を出して、福島から脱原発を訴えていきたい」

翌日、お父さんから電話があった。

「今から、息子のところに行ってくるから。簡単でいいから俺の経歴を作成して、亀井静香事務所にＦＡＸ入れてくれ」

２日後の11月25日に亀井事務所から私の携帯に電話があり、お父さんの公認が正式に内定したと告げられた。

すぐに息子の彼に電話をし、小選挙区と比例代表に立候補するための供託金６００万円と活動資金、車、スタッフの手配をお願いすると、

「わかった。うちの若いのの中でもスミとか入ってない、ガラのいいやつそっちに行かせっから。俺も昔のツテ辿って東北まわって挨拶まわりするからよ、お前も選挙手伝えよ」

と快諾してくれた。

ところが、その２日後、「脱原発党」が政党ごと消滅してしまった。11月27日のことだった。

小沢一郎が民主党を割ってつくった政党「国民の生活が第一」と、お父さんが公認をもらった「脱原発党」が合流し、「日本未来の党」という政党が結成されたのだ。

投票日のたった19日前の新党結成だった。

「脱原発党」から内定を得ていたお父さんの公認がこれで宙に浮いてしまった。

亀井静香事務所に何度電話を入れても全く連絡がつかない。

かといって、「日本未来の党」の事務局の連絡先もわからないという状態になってしまった。

※

私はこれまでの経緯を簡単に巨子さんに説明した。

「お父さんが公認をもらう予定だった〝脱原発〟っていう党あるじゃないですか、国民新党の亀井静香の。あれが5日ぐらいで消滅しちゃったでしょ。それで、今度は日本未来の党の公認が取れるかどうかも今はわからない状態で。

でも、お父さんは、完全に選挙を始めてしまって、親戚関係に挨拶まわりをしちゃってるんですよ。公認が取れなくても出るって言って聞かないんです。本人がやりたいならそれでも構わないんですけど、問題は息子の彼のことなんです。公認取れないなら選挙はやめたほうがいいんじゃないかって。つまり資金は出せないって言うことだと思うんです。それをお父さんに伝えたら、今朝からすごい剣幕で電話かけてきて、『おめが出ろって言うから俺は決断したんだから、息子を説得してくれ』って言うんですよ」

朝、電話を取ったとき、お父さんは、

「町議の退職金と、年金一括前借りで560万つくれるから、それを供託金にしてでも出る」

電話で私にそう伝えてきた。

興奮するとお父さんは早口になり訛りがきつくなる。

やっと言葉を聞き取った私は、お父さんの話を遮って大きな声を出した。

「でもお父さん、福島5区は自民が鉄板なんだよ。落ちたらどうするの。お金なくなっちゃうよ」

お父さんの声は電話口でフフと笑った。

「ほんなこと、負けたら負けたとき！　選挙なんて、バクチとおんなじだっぺ！」

※

「それで、困ってるときばかり巨子さんに電話してすみません。

私も、息子さんが言う通り公認が取れないなら当選する可能性はほぼゼロだし、立候補は諦めたほうがいいと思うんですよ。

それに、退職金と年金前借りして突っ込むって言われたら、止めるしかないじゃないですか。それに、そもそも全然選挙の準備もしてないし」

「オカさんの言う通り、そんなお金で戦ったらダメです」

と、巨子さんの声は落ち着いていた。

「そうなんですよ。それで」

お父さんを止めてくれませんか、という言葉が出る前に、巨子さんはゆっくりした口調で言った。

「じゃあ、私がお金出しますから。息子さんに電話します」

「いや……」

それも困る。私は慌てた。

「そうじゃなくて。お金を出して欲しいというお願いの電話じゃないんです。あのお父さんを止められるのは巨子さんしかいないので」

「東電の賠償金があるから、それを使ってもらいます。大丈夫だから。お父さん、蕎麦屋の赤字で津波保険も全部なくなって、お金が全然ないのは知ってますから」

「いや……」

「お金の心配でお父さんが出ないなら、お金はある人が出せばいいんです。お父さんに一生に一度の勝負させてやらないと。震災のあと、あれだけの仕事をした人ですよ。勝負しないでお父さん死ねますか」

「でも」

「それに、息子さんは、お父さんを国政に一度立たせますと言っていたのを私も聞いています。俺も出すから、おめも出せと、半分半分にしようと言って、二人で話します」

「でも、巨子さんの大事なお金じゃないですか」

「私も双葉郡から候補者を出さないとダメだと思うんです。それに、これがお父さん流なんですよ。20年前の、初めての町会議員選挙のときもこんな調子でした。急に出ると言いだして選挙の準備はゼロ。案の定最初は失敗したけど、2度目に当選しました。だから、今回はどのぐらい取れるか票を見て、次が本番だと思うんです。今、福島5区は元職と現職のどっちの候補者を公認するかで自民党がもめているから、票が割れる可能性があるんです。だから、私はもしかしたら行けるんじゃないかなと思っています」

時間がなくなってきた私は話を打ち切らざるを得ず、巨子さんに詫びて電話を切った。

そのまま赤坂Ｂｉｚタワーのエレベーターに乗って広告代理店の打ち合わせに出た。小一時間「ウエブマガジンのマネタイズについて」のレクチャーを受けたあと、再びビルを出ると巨子さんからの着信があった。

かけ直すと、「息子さんとは、話しました。未来の党の公認が取れなければ、今回はやめましょう。公認が取れたときは、お金のことは心配しないで」と巨子さんは言った。

「お父さんは、私の母の命を救った人だからね。それに、オカさん、謝らないでね。連絡がないときは、うまくいっているときだと思っているから」

私はもう何も言えなくなってしまった。

※

2日後、巨子さんから、日本未来の党からの公認の内定が決まったと知らされた。公示日まであと3日のことだった。

電話の切り際に、巨子さんは言った。

「息子さんは、裏社会の人だったから、選挙の表舞台に立つといろいろ差し障りがあるでしょう。だから、お金とスタッフだけ援助してもらうことになったから。彼も選挙中は事務所にも近寄らないと言っています」

「そうですか。わかりました」

「親父！　一度国政に立たないとダメだ！」と言っていた彼は、父親の選挙活動の様子を見ることができないのか。

やめて10年が過ぎたとはいえ、元ヤクザが選挙対策本部に入っているのは、対立候補にとっては「おいしい」攻撃材料になるのだろう。


それから数日は目のまわるような忙しさだった。

お父さんが公認証書をもらいに永田町にやって来たついでに、抱負と公約について聞き取りをし、それを元に選挙公報を作った。仮設住宅や、借り上げ住宅住まいで、お父さんの演説が聞けない人のために、字数を多くし、スローガンではなく説明的な文章で書いた。

同時にサイト制作も進めた。これまで撮りためた写真から、お父さんの写真を探した。

だが、私が撮影した写真を探してもなぜか正面から写っているお父さんの写真がない。

1年8ヶ月の間、ほぼ毎週、一時は毎日話もしていたのだが。

いつも誰かのためにお父さんは仕事をしていたからかもしれない。

警戒区域内の遺体回収、巨子さん夫妻への支援、ペットや牛の保護、仮設住宅まわりなど。だから、私のレンズもお父さんではなく「当事者の誰か」に向いていた。

※

公示日から2日目、早朝に私はお父さんを見舞いに行った。トラックで道が軋むように鳴る陸前浜街道。その脇に立つお父さんの蕎麦屋の引き戸には、こんな張り紙がしてあった。

臨時休業いたします
誠に申し訳ございませんが、今般の衆議院選挙に店主の松本喜一が
日本未来の党より公認をされ出馬するために、選挙事務所として
十二月四日から十二月十七日まで臨時休業させて頂きます
今後ともよろしくお願いいたします
そばの駅楢葉九面 店主 松本喜一

お父さんは蕎麦屋を選挙事務所にしていた。

「いなりずしあります」「新開発まぶし製法わさびそば」などの張り紙に混ざって、日本未来の党党首の嘉田由紀子からの「必勝」の為書きが張ってあった。

割烹着を着た賄いのおばさんたちが、せわしなく台所と座敷を行ったり来たりしている。ファックスからは、新聞社からの質問状が吐き出され、床に溜まっていた。はるえが、座敷の奥に陣取り、彼の若い衆に指示をしながら、何百枚ものポスターに証紙を貼っていた。

お父さんはいつもの防災服姿で、「松本きいち」とマジックで手書きしたタスキをかけていた。

選挙カーに乗り込んだお父さんに、

「今日はどこに行くの?」

と聞くと、

「川内村さ行って、そのあと二本松。三春の仮設さ行って、郡山の仮設まで行くど」

と言った。移動するだけで5時間はかかるこの道のりで、双葉郡の仮設住宅を10箇所もまわれない。

とても効率が悪い。

「いわき市35万人に対して、双葉郡は8町村合わせて8万人だ。自殺者の数は年間3万だから、3年もしないうちに消えちまう人口しかない」

とお父さんはいつも言っていた。「だから団結するしかないんだ」と。

「有権者はいわきの人が多いんだから、いわきをまわったら?」

と私が口を挟むと、

「俺は双葉郡の仮設をまわりたいんだ」

とお父さんは言った。

車が走りだす。

最初の遊説先の川内村に到着するまではウグイス嬢を休ませるからと、お父さんは街宣テープのスイッチを押した。

オウム真理教の麻原彰晃のような、早口でくぐもった男性の声が響き渡った。

「まつもと~きいち~、日本未来の党のまつもときいちでございます。

子どもの未来のために~、日本未来の党~、あなたの未来のために~日本未来の党~

日本未来の党〜、日本未来の党〜を〜よろしくお願いします。日本未来の党〜、日本未来の党〜、日本未来の党のまつもときいちでございます」

「何なのこのテープ、誰なのこの声」

「わがんねえか？　息子の声だぁ。ワイルドだろぉ？」

と、流行語大賞を取ったばかりのギャグをまじえてお父さんは言った。

裏社会の住人だったがゆえに選挙の表舞台に立てない彼は、街宣テープを父親のために作ったのだった。

「まつもと〜きいち〜、日本未来の党まつもときいちでございます」

「そうです！　私がまつもときいちです！！！　マツモトキヨシではございません！！！」

お父さんは窓を開けて叫んだ。

息子の彼の声は構わず鳴り続けた。

「子どもの未来のために〜、日本未来の党〜、あなたの未来のために〜日本未来の党〜日本未来の党、日本未来の党をよろしくお願いします」

選挙カーに乗って通りかかったいわき市小川地区の夏井川には、白鳥が戻ってきていた。

白鳥たちは川からあがって田んぼでどろんこになって休んでいる。

川内村に続く399号線の入り口には「トンネル開通は川内村みんなの悲願」という看板が掲げてある。

ヘアピンカーブが続く。毎回車酔いするほどの悪路だ。

私たちは、時折現れる選挙掲示板にポスターを張りながら行った。

お父さんの選挙

お父さんの落選は、２０１２年12月16日午後10時50分過ぎに判明した。福島中央テレビが自民党公認の坂本剛二候補の当確を打つまでの３時間50分の間、お父さんの選挙事務所は雑な空間だった。

「泡沫候補」扱いでほとんど注目されていなかったが、それでも数名の記者が選挙事務所にやって来て、お父さんの「いい表情」を狙ってカメラを構えていた。

座敷の片隅では若いウグイス嬢が疲れきって居眠りをしている。

台所を守る賄いのおばさんたちからは、「国政に送られたら、喜一っちゃんも長いものに巻かれるんじゃないの」「ああ、わかる。意外とそういうところあるから」というひそひそとした陰口が聞こえてきた。

息子の彼が送ってくれた若い原発作業員やボランティアの実働部隊は昨日で選挙事務所から撤収していた。

お父さんと、巨子さん夫妻は黙ってテレビの選挙速報を見つめていた。

いたたまれない気持ちの私は缶酎ハイ「氷結レモン」のロング缶を立て続けに飲み、泥酔していた。

福島中央テレビの途中経過報道で候補者6人中最下位と示されるたびに、

「お父さん今ビリだよ」

と、私はお父さんに声をかけていた。

「まーだ、わがんねえ」

そのたびにお父さんは言った。

東日本大震災後初めてとなるこの衆議院議員選挙の小選挙区での投票率は、前回2009年衆院選の69・28％を9・96ポイント下まわる59・32％。戦後最低だった1996年の59・65％を下まわった。

お父さんの得票数は6937票。得票率3・9％。

投票結果は6人中6位。

落選が決まると、若いウグイス嬢が花束を運んできた。

上半身が隠れるほどの大きな花束を抱えたお父さんは、記者たちのカメラに向かってガッツポーズをした。

明け方、誰もいなくなった選挙事務所で、お父さんと巨子さん夫妻は、「反省会」をしていた。

「供託金は戻ってくるから。よかったな」

とお父さんは言った。

舌がまわらなくなっていた私は、食べ残しのタラバガニを見つめながら昨日の選挙戦最終日のことを思い出していた。

※

「日本未来の党の松本きいち、松本きいちでございます。小名浜の皆さん、お仕事本当にごくろうさまです。厳しい厳しい選挙戦も本日が最終日、期間中は大変お騒がせをいたしました。ふるさとや大地を汚し、子どもたちの未来を奪う、時代遅れで危険な原発は卒業です。日本未来の党、日本未来の党の松本きいちを、どうぞよろしくお願いいたします」

夕暮れの薄闇の中で、小名川の川面は黒い鋼のように光って凪いでいた。

2012年12月15日土曜日。

お父さんの選挙戦の最終日。

最後の街頭演説は、午後7時20分のいわき駅前広場だ。

それまで、いわき市内の仮設住宅のある場所をまわれるだけまわるのがこの日の選挙カー組のミッションだった。

小名浜の仮設住宅に向かう途中、選挙カーは、ウグイス嬢の絶叫を鳴らしながら小名川を右折し、ソープランド街にゆっくり突っ込んでいった。

路上にいる客引きのボーイやお母さんたちは、選挙カーに手を振ったり会釈を返してくれる。

中には店の玄関から半身乗り出してこちらの姿を探し、笑って手を振ってくれる初老の女性もいた。

これまで、仮設住宅を中心に89箇所で街頭演説を行ったが、お父さんの声を聞いて家を出てきてくれる人や、手を振ってくれる人は多くはなかった。

そんなときのお父さんは、誰もいない仮設住宅で、「政治家を信用できないなら、自分で立候補したらいいと思います！」と絶叫していた。

反響の薄い選挙戦で気持ちが折れていた私は、小名浜のソープランド街に暖かく迎えてもらったことが嬉しかった。

選挙カーの助手席に座っているお父さんはいつもと変わらない様子で背筋をピンと伸ばしている。

そして、ウグイス嬢からマイクを奪うと、路上にパイプ椅子を出して井戸端会議をしている客引きのお母さんたちに話しかけた。

「日本未来の党の松本喜一です、今晩8時で選挙戦も終わりです、選挙期間中は大変お騒がせしました」

浜通りの若者でも「何言ってんだかわがんねっす」と言うほど訛りのきついお父さんの滑舌は、毎日の演説でかなり聞き取りやすくなっていた。

「今晩、うちの若い衆にお店に行かせますからー！」

客引きのお母さんたちの笑い声は車の中にまで聞こえてきた。

お父さんの選挙を手伝う「若い衆」は、原発作業員の5人の若者と、インターネットを見て手伝いに来た3人のボランティアの青年たちだ。

お父さんの主張は「原発を日本から卒業させ、福島を原子力の研究拠点にする」。

だが、お父さんの選挙の実働部隊である作業員の5人は、お父さんの息子の彼が経営する原発関連会社で働いている。東京電力の下請け会社だ。

彼に命じられ、お父さんの選挙を手伝いに来た作業員たちは皆若い。20代から30代前半の若者ばかりだ。

そのうち2人は、3月11日に東京電力福島第一原発の構内で地震に遭遇している。

双葉郡出身の作業員たちは、細身のダークスーツ姿でルイ・ヴィトンのスーツケースを引きずって蕎麦屋にやって来ると、早朝から黙々と選挙カーの運転や、ポスター張りやビラ撒きや証紙貼りをした。そして夜になると、ジャージに着替えて蕎麦屋の2階で貸布団を敷いてその上で酒盛りをし、眠った。

蕎麦屋の2階には3間ある。すべて畳部屋で、砂壁の鴨居には、かつてここに住んでいた人たちの表彰状や、歩いて数分のところにある勿来漁協からの感謝状がかけられていた。

茨城県と福島県の県境のトンネルの目の前に建つ、古い木造の一軒家の2階は、午前零時をまわっても、ダンプカーが国道6号線をひっきりなしに北上し、そのたびに家をギシギシと揺らす。

蕎麦屋に面する道の信号を76個分北上して、77個目目の十字路を右折すれば、東京電力福島第一原発の正門前に行くことができる。

お父さんと作業員たちは、この家の2階で避難所で使われていた布団を敷いて寝起きしていた。

※

「野田総理大臣は！　原発事故は収束したと宣言しました！　本当でしょうか！」

12月15日土曜日。午後7時30分過ぎのいわき駅前広場。

小名浜での街頭演説を終え、いわき駅前に移動したお父さんの最後の街頭演説が始まった。

応援演説をする政治家は誰もいない。たった一人での最後の演説だ。

アサヒスーパードライのビールケースの上に乗ったお父さんはウグイス嬢からマイクを受け取り、大声を上げ始めた。

いわきの歓楽街、田町。

田町は、原発復旧や震災復旧に関わる作業員が集まり、夜は賑いを見せる。

やんちゃな格好をした若者や、作業着姿の中年男性が連れ立って歩いている。

この田町の外れに、JRいわき駅がある。

駅前広場のモニタリングポストは震災後2年目に設置されたもので、赤いランプが、毎時0・147マイクロシーベルトと示していた。

ユニクロのヒートテック下着を2枚重ねていても、刺すような寒さが体に伝わってくる。

防災服に身を包んだ坊主頭の父さんは絶叫を続けた。

「今、第一原発は1メーター50もある原子炉のコンクリートの壁が吹き飛び、燃料棒がどうなっているのかもわからない状態です。

すべての燃料棒を安全に抜き取り、安全に保管する！

そのとき初めて、原発事故は収束した、と言えるのではないでしょうか！

私は今回の選挙で、福島、郡山、二本松、会津、そしていわき市内、県外の埼玉県加須市、群馬県の仮設住宅や借り上げ住宅をまわってきました。

中にはダムの駐車場に建てられたひどい仮設住宅もあります。

家族もバラバラ、地域もバラバラ、こんなことでいいんでしょうか。

皆さん、諦めないで、声を上げてください！

政治家は信用できないと皆さん言います。だったら！　自分が立てばいいんです！

俺にはできない、と言う人もいます。そんなことはないんです！

私は、町議の分際で、11月26日に立候補を決心し、12月4日には立候補することができました。

諦めなければ、落ちるかもしれないけど、立候補することはできるんです！

皆さん！　よく考えてください！　このまま！　原発を存続させていていいのでしょうか！

野田総理は、ベトナムに原発を輸出することを決めました。

自分の国が事故を起こしているのに、危険な原発を外国に輸出するようなことがあっていいんでしょうか！

このまま原発を存続させていては、日本に遺恨を残してしまいます。

今、声を上げなければ！子どもたちや、孫たちや、ひこ（ひ孫）たちが困るんです！

今すぐ時代遅れで危険な原発をやめ、安全なエネルギーに転換させましょう！

そのうねりを福島県から全国に、そして世界に広げていきましょう！

そのために、どうか、日本未来の党、松本きいちを国政へと送ってください！

ありがとうございました。ありがとうございました」

原発から42・3キロ地点のいわき駅前で、お父さんの声に足を止める人はほとんどいなかった。

ビールケースから降りてマイクをウグイス嬢に戻すと、お父さんは、田町を行き来する人々目がけて飛び出していった。

ウグイス嬢が叫ぶ。

「日本未来の党は、原発を卒業させます。日本未来の党公認候補、松本きいち、松本きいちを、どうぞよろしくお願いいたします。松本きいち頑張ります！」

お父さんの気迫に押されて若い夫婦づれが握手に応じている。

それを追いかける形で、スタッフの原発作業員の若い衆とボランティアたちがビラを配っている。

何人かを握手攻めにしたあと、お父さんは、通りかかった女子高生の集団に向かっていった。

「キャー」女子高生たちが逃げる。

「握手！　握手だ！　原発をなくそうな！」とお父さんが言うと、女子高生たちはキャッキャと笑いながら握手に応じた。

笑い転げている女子高生たちを、ロータリー脇の映画館から出てきた親子連れが足を止めて見ている。

母親の一人が、「ほら、おじさんに握手してもらいなさい」と言って小学校低学年ぐらいに見える男の子の背中を押した。

お父さんの様子を窺っていた人たちの雰囲気が、次第に和やかなものになり、お父さんのまわりにはだんだんと人が集まってきた。

突如、大きな声がした。

「何言ってんだお前は。原発がなくなったら、俺らの仕事がなくなるんだよ」

声がした方を見ると、作業着姿の若者たちだった。25歳ぐらいだろうか。彼らの声は続いた。

「お前は、双葉の人間がどれだけ被ばくしながら働いてるか、知らねえんだよ」

お父さんは、子どもと握手しながら、声の方に向かって怒鳴り返した。

「だいじょぶだ！」

声の主の若者は、こう言い捨てて去っていった。

「全然大丈夫じゃねえよ」

お父さんの選挙ビラを配っている原発作業員のスタッフたちは、黙ったまま彼らの声に耳を澄ませていた。

※

小名浜をまわり、田町で街頭演説をし終えて帰宅したお父さんは、ウグイス嬢やビラ配りボランティア部隊、選挙事務所を一人で守っていたはるえと一緒に、スタッフ全員で夕食を摂った。

私とお父さんは夕食を中座して、風呂に入るために近くの健康ランドに行った。

風呂から帰ってくると、賑やかだった蕎麦屋の客間の机には、食べかけの皿や飲みかけのコップが散乱していて誰もいなかった。

宴の果てた部屋の片隅で、はるえだけが残って、事務仕事を片付けていた。

「若い子たちはどうしたの？　もう寝たの？」

「お父さんたちが風呂に行ってる間に、タクシー2台呼んで、小名浜のソープに行ったよ」

と、はるえが言った。

「ほんとに行ったの！」

私は笑ってしまった。

「公約守りに行ったんだっぺ」

と座布団に座り直して、テレビをつけたお父さんは言った。

事務所はテレビの音だけが鳴り響いている。

戸棚のガラスにはお父さんの選挙ポスターが隙間なく張られている。

怒り怒り怒り怒り
希望希望希望希望
こんな気持ちで立候補いたしました。
原発を卒業し、新たなる世界に向かって
みなさんの力を私にお貸しください。
日本未来の党公認候補
比例東北ブロック・小選挙区福島5区
松本きいち 

ポスターの写真は、防災服に身を包んで笑っている坊主頭のお父さんだ。

お父さんはいつも防災服を着ている。

「未来の党って、なんか冗談みたいな名前だよね。ほんと」

あくびをしながら、私はそう言った。

ストーブの横には大きなだるまが置いてあったが、左目の黒目からは墨汁が涙のように流れ落ちて乾いて固まっていた。

※

深夜2時過ぎ、お父さんは、いったん2階にあがったと思うと掛け布団を持っておりてきた。

明日は朝から選挙カーに乗らなくていいという開放感は私にも伝染した。

氷結を立て続けに空けながら放心していると、外から、賑やかな声が聞こえてきた。

「帰ってきた」

はるえが言うと、間もなく蕎麦屋の引き戸がガラガラと開いて、作業員の若者たちがボランティアの若者を引き連れて戻ってきた。

「おかえり。どこ行ってきたの？」

「焼き肉っす」

「どこの焼き肉？」

「小名浜っす」

「ふーん、おいしかった？」

「まああっす」

「ほんとに焼き肉に行っただけ？」

「そうっす」

作業員の彼らは、「すみません、お酒ちょっともらっていいっすか」とこちらの返事を待つ前に冷蔵庫にある焼酎などを持って2階の「タコ部屋」に引き上げていった。

コンビニ弁当を手に提げて帰ってきたボランティア・スタッフが、私の隣に座って弁当を食べ始めた。

「いや、ソープなんて初めてだからどうしていいかわからなくて」

「そんなのやるだけじゃない」

「いや、俺ダメでした。だから、女の子と話してました」

「どんな話したの?」

「そりゃ選挙運動ですよ。松本喜一に投票をお願いしました」

「それでなんだって?」

「女の子、県外の人でした」

私もお父さんも笑った。

「ほうかい。まあ、やれたとしたって、愛のないセックスは虚しいだけだっぺ」

とお父さん言って寝返りを打った。

「ソープ街では反響良かったけど、仮設の双葉郡の人たち、冷たかったね。原発を争点に持ってきてるのお父さんと共産党ぐらいしかいなかったのに」

と私が言うと、

「みんな疲れてるのよ」

とお父さんは言った。

「でも、いわきの人も冷たかったよね」

「いやーいわきも双葉もどっちも五分だっぺ。いわきの人間にはねたみがあんじゃねえの。双葉の人間はカネもらってハ、タバコ吸って酒飲んで、パチンコやってたら、いわきの人間はふざけんなって思うんじゃないの。

双葉の人間も、俺は被害者だ被害者だって言ってばっかりじゃねくて、もう少しボランティアとか積極的にやらないと仕方ねえんじゃねえの。もう少し謙虚じゃねえとダメなのよ」

「病院も道路も混むようになって迷惑だっていわきの人は言うよね。それとスーパーで高いものを買うのはお金のある双葉の人間だ、とか」

「双葉の人間は医療費だってただでしょ。でも、いわきだって人口が増えて店が賑わったりして、得したところもあるのよ。いわき全体の経済を持ち上げているところはあるんじゃねえの。どっちもお互い様なのよ」

※

落選した翌日は月曜日で、私は会社に出勤しなければならなかった。

早朝、お父さんの車に乗せてもらい、茨城県の高萩駅に向かった。

「日本未来の党は、当選した人がほとんどいなかったね」

公認候補者は111名だったが、当選者はわずか9名だった。

「そうだなあ」

「お父さんはまた立候補するの？」

「まだわかんねえけど、原発をやめさせるためには国会を動かさないといけないな」

車の中で、お父さんは昨日まで演説していた内容を繰り返し繰り返し私に話して聞かせた。

お父さんは、まだ選挙を終えていないのだ。

車の中で選挙管理委員会に電話で確認したお父さんは、供託金が没収になることを知った。得票数が10％を超えないと、600万円は没収になるのだった。

「2％超えれば戻ってくると思っていたんだけどなあ」

「ずいぶん勘違いしたね、お父さん」

と私が言うと、

「息子とナオちゃんに電話しなくちゃな」

とお父さんは言った。

重機販売店に、ファミリーレストランにドライブイン。そんな景色の中の一つにお父さんの蕎麦屋はある。

左手に松林を見ながら、私たちの車は白っちゃけた景色を南下していった。

エピローグ

忘れられる

3年が経った。私は36歳になった。

この本のために写真を整理しながら、私はしみじみ自分が老けたと感じた。

震災の直後、「彼」と出会ったばかりの私が写っている写真を見終わると、今度は慌てて手鏡を取り出し、自分の顔を眺める。

頬の肉がさがり、ほうれい線が深く刻まれている。

自分の顔から、3年前には聞こえなかった不惑の足音がはっきりと聞こえる。

人は毎年1歳ずつ年を取るのではなく、3年に一度、3歳いっぺんに老けるのではないか。写真と手鏡を見比べながら私はそう思った。徐々に破壊されつつある自分の顔を見るために、私は手鏡を手放せなくなった。

自分の顔を、飽かずに昼となく夜となく眺めている今の私は、精神科から6種類の薬を与えられている精神疾患の患者だ。

私が発病したのは、3度目の3・11からひと月ほど経った、桜の季節のことだった。

私は躁うつ病（双極性障害）を発症した。

※

2011年6月、何度目かの「警戒区域」に連れて行ってもらうときに、原発作業員の親方の彼が私に言った。

「岡、ここで写真なんか撮っても放射能は写らねえからな。お前、単に20キロ圏にハマってるだけだろう？　ここはシャブと同じぐらい、ハマるとやばいぞ」

「興味本位」。正直に言えば、私がはじめに福島に来たのは「興味本位」からだった。そしてそれを彼に直接告げたことはなかった。しかし、彼は、私がなぜこの町に来たがるのか、本当の動機を見透かしているようだった。

「〝原発テーマパーク〟でも造ったら繁盛するんじゃねえの。第一原発エクストリームツアーして、そのあと防護服のコスプレして記念写真撮ってやるんだ。おめえみてえのがうようよ来るぞ」

警戒区域に通い始めた当初、ここは私にとっては刺激と陶酔そのものだった。機会を逃したら、もう二度とそこには立ち入ることができないかもしれない「警戒区域」は、私には魅力的な聖域のように見えた。その風景を、私はiPhone 4で撮りまくった。撮影した写真は2万枚を超えた。

ビルが崩れ、橋が落ち、荒れ果てていく町。完全に無人になった町を掠め取るように覗いて、風景を撮って（盗って）いく。

そして、失われた土地に住んでいた人たちに逢う。

原発事故の現場で働く彼とその若い衆。

事故後一度も避難せずに「最後の住民」として戦い続けている巨子さん夫妻。

仮設住宅を選挙カーでまわりながら絶叫を続ける「お父さん」。

彼らの語る言葉を、ＩＣレコーダーに録って（盗って）いく。

この町に住んでいた彼らはまるで裸を晒すように自分を晒して私と向き合ってくれた。

この町は、人も、風景も、何もかもが刺激に満ちていた。

真夏の焼けたトタン屋根の上で跳ねまわる猫のように、私の心は灼かれた。

はじめは「興味本位」だった私は、避難を余儀なくされても心折れずに前進しようとしている烈しい人たちを目の当たりにして、福島に取り込まれていった。私は、福島で出会った人たちが「他人」から「知り合い」になり、「大事な人」となっていくにつれて、「興味本位」でここに来たことを忘れていった。

検問の設置された双葉郡楢葉町という境界の町。仕事のない週末になると、私はとりつかれたようにこの町に通った。訛りも覚えた。東京に帰ると私は、それっぽい言葉を使い、「福島の代弁者」のように振る舞った。

私ほど事故後の双葉郡を見てきた人間はいない。私はそう自負していた。

そんな私の心を挫いたのは、ある難病を抱えた若い女性作家が私に言った言葉だった。

「自分が今まで福島県のことを書かなかったのは、福島を消費したくなかったからです」

彼女は福島県双葉郡の出身だ。

私はこの言葉にやられた。

福島を、福島の人たちを、どれだけ深く知っても、所詮「よそもの」でしかない私の言葉は「福島を消費」し、「福島を踏み荒らす」ことになるのだろうか。

彼女の発言が棘のように背中に刺さって、抜けなくなってしまった。

それからはその背中の棘を持て余していた。福島についての言葉を発するたびに「福島を消費」し、「福島を踏み荒らし」ているのではないかという罪悪感から逃れられなくなった。

※

病床で繰り返し思い起こしていた出来事がある。

2011年5月初旬の郡山でのことだ。

その日の夕方、福島県郡山市の避難所「ビッグパレットふくしま」には1台のバスが停まった。

中から出てきたのは、白い半透明のゴミ袋を抱えた老若男女だった。

この日、第一原発20キロ圏内の川内村、葛尾《かつらお》村では初めての「一時帰宅」が行われたのだった。ただし、放射能で汚染されているこの地域では、45リットルのゴミ袋に入るだけのモノしか持ち帰ることが許可されなかった。

家中に溢れかえるほどの家財道具、服、調理器具、宝飾品、家電、仏壇、パソコン。その中から、選りに選って選ばれたモノは何だったのか、それに興味を持った私は、彼らに聞いてまわった。

ある人は、無呼吸症候群の治療のための呼吸器を持ち帰った。

ある人は、家庭用カラオケセット。

ある人は、書きかけの自伝が保存されているノートパソコン。

ある人は、制作途中だったキルティング作品を持ち帰ってきたし、ある人は「ブランド物」の上着だった。

45リットルしか所有を許されない。その残酷さを感じた反面、私は、人が究極の場面で「選ぶ」行為に興味を持った。その45リットルが、その人の生活を表現しているからだ。

その時私は、「選ぶ対象が家財道具ではなく、人間だったらどうなるのだろう」とも思った。

私は誰かにとっての「45リットル」になれるのだろうか。

私は福島に通い、「彼」たちと向き合った。私は「彼」たちを「45リットルの袋」に入れるだろう。しかし彼らはどうだろうか。よそ者の私をその「袋」に入れてくれるだろうか。

自宅で療養を続けていた6ヶ月間の記憶が、私にはほとんどない。

私は、朝11時に起床し、夜11時に薬を飲み、眠る。

起きている間はベッドに横になっていて、時折 Twitter を覗く。

私が眠っている間に、双葉郡は「復興」を進めていた。警戒区域は全て解除され、除染が行われ、雑草が茂っていた鉄道の路線は、再び砂利とレールが姿を現した。水田のセイタカアワダチソウもきれいに刈り取られた。

双葉郡の彼らは、福島に住居を移して療養するように熱心に勧めてくれたし、実際に棲み家を用意してくれようともした。しかし私はベッドから長時間離れていることが困難だった。

そのうち、電話も鳴らなくなった。

私ですら、私の6ヶ月を全く覚えていないのだから、この期間の私の記憶を共有してくれる人は誰もいない。

私には、私の記憶をともに辿ってくれる「記憶の伴走者」がいない。

ひとりものの寂しさは、自分の記憶を誰も共有してくれないことこそが原因だろう。

そんな記憶の空白期間が過ぎ、私が福島の「彼」たちの記憶から遠ざかって行くのを感じた。そして、福島は私にとって再び遠いものになった。

私は福島を忘れることができるような気がした。

実際、忘れると楽になれる。

「彼」たちの言葉の一つひとつ、双葉郡の道という道。それらの虜になり、がんじがらめにされていた私は、２０１１年からずっと時間を止めていた。今、忘れることで福島から開放され、一人の「東京の病人」として、地に足をつけて時間を進められるような気がした。

気がつくと私は２０１３年の秋にいた。

少し肌寒さが増したある日の夕刻に、私は友人の映画監督の作品を観に渋谷に行った。

「また福島?」「福島を忘れるな、みたいなやつ?　もうたくさんだよ」と、「福島」と発音するだけでうんざりされるほど、福島についての本やドキュメンタリーが発表されているなかで、友人は正面を切って原発事故についての映画を作っていた。

その時、私ははっとした。

「彼」とお父さんは、津波ですべての写真を失った。私は、「彼」たちの記憶の伴走者になりたい。

私は「彼」たちを記録したい。

私が完全に福島を忘れてしまう前に。

物事は、起こっては消え、忘れられてしまう。

彼らを忘れられる存在にしてはならない、と。

小泉俊明

松本喜一様
祈必勝
すけかわ洋

［追記］

本書に記された会話文は、ほとんどが録音から起こしたそのままのものであり、スナップ写真のように、「その時、その場所」をそのまま再現することを重視した。

本書に登場する「彼」、「お父さん」こと松本喜一さん、Y君こと吉田邦吉さん、はるえこと岡田陽恵さん、伊藤晋さん、伊藤巨子さん、「彼」の若い衆の皆さんの「その時、その場所」を永遠に焼き付けて残したい、というあの秋の日の強い動機づけが私を最後まで書かせたと思う。

すべての原稿を読んでくれた彼らは、原稿の修正をほとんどせずに受け入れてくれた。

忙しい中原稿を読み、的確な指摘を下さった作家の柳美里さん、後輩の高野政徳君、ありがとうございました。福島について最初に書かせてくれたウェブマガジン「アパートメント」の皆さんにも感謝致します。２０１２年４月から、取材のパートナーとして常に助力と助言をいただいたフリーランスライターの畠山理仁さんにも感謝致します。

そして、担当編集者の浅原裕久さんがいなければこの本を書き上げることができませんでした。心から感謝します。ありがとうございました。

［著者紹介］

岡　映里（おか・えり）

作家。1977年、埼玉県三郷市生まれ。ホテル宴会場の皿洗い、クラブ店員、パソコンショップ店員、歯科助手、家庭教師などの職を転々としながら、慶応義塾大学文学部フランス文学科卒業。のち、Web開発ユニット起業、会社員、編集者、週刊誌記者などの仕事を経る。

境《きょう》界《かい》の町《まち》で

2014年4月20日　初版第1刷発行

著　者　岡　映里

編集者　浅原裕久

発行者　孫　家邦

発行所　株式会社リトルモア
〒151-0051 東京都渋谷区千駄ヶ谷3-56-6
電話　03-3401-1042　FAX　03-3401-1052
e-mail　info@littlemore.co.jp
URL　http://www.littlemore.co.jp

装　幀　井上則人

装　画　しょうじさやか

本文割付　土屋亜由子（井上則人デザイン事務所）

印刷所・製本所　シナノ印刷株式会社

Printed in Japan
ISBN978-4-89815-386-4　C0095

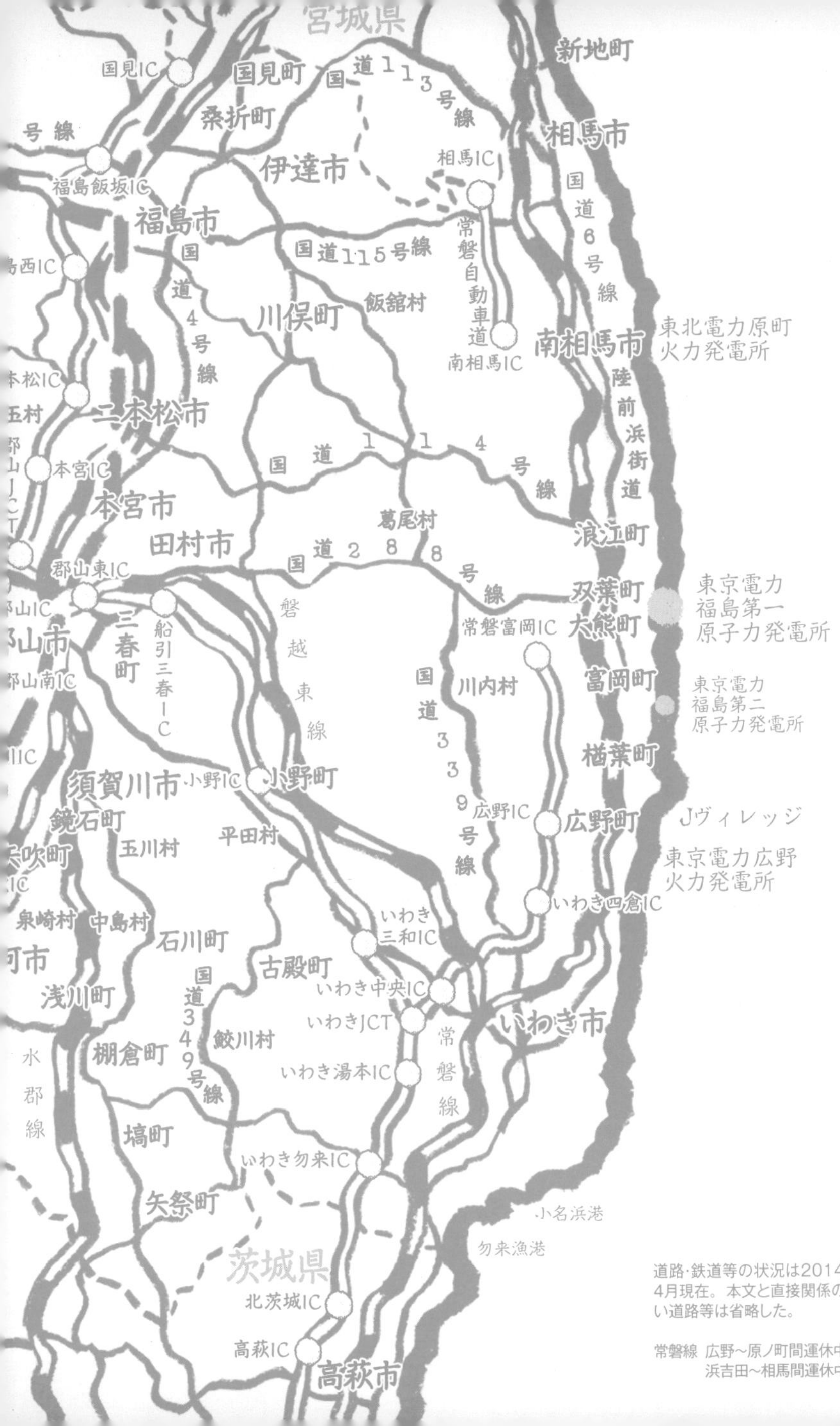

道路・鉄道等の状況は2014年4月現在。本文と直接関係のない道路等は省略した。

常磐線　広野〜原ノ町間運休中。
浜吉田〜相馬間運休中。